李雪明◎著

我像雪花天上来

海天出版社（中国·深圳）

图书在版编目（CIP）数据

我像雪花天上来 / 李雪明著. — 深圳：海天出版
社，2016.3
ISBN 978-7-5507-1546-2

Ⅰ.①我... Ⅱ.①李... Ⅲ.①散文集—中国—当代
Ⅳ.①I267

中国版本图书馆 CIP 数据核字 (2016) 第 008266 号

我 像 雪 花 天 上 来

WO XIANG XUEHUA TIANSHANGLAI

出 品 人　聂雄前
责任编辑　王　颖
责任技编　蔡梅琴
装帧设计　深圳斯迈德设计 Smart 0755-83144228

出版发行　海天出版社
地　　址　深圳市彩田南路海天综合大厦（518033）
网　　址　www.htph.com.cn
订购电话　0755-83460137（批发）　0755-83460397（邮购）
排版制作　深圳市斯迈德设计企划有限公司（0755-83144228）
印　　刷　深圳市希望印务有限公司
开　　本　787mm×1092mm　1/16
印　　张　17.5
字　　数　210 千
版　　次　2016 年 3 月第 1 版
印　　次　2016 年 3 月第 1 次
定　　价　33.00 元

Shenzhen

I love you

心静志坚若山

人淡情深如水

——我的山水情怀

前言

人世间，让我们开怀一笑的常常是那种不可预知，却快乐地降临的快乐。

这是我的第三本小文集。

确实都没有"预谋"的三本书。

前面两本缘何悄然出版，又兴师动众地隆重登场？

第一本书出版后，我的旧日同事、深圳高级中学的陈文老师说：

"李老师，放假前您轻轻告诉我们想结集出书，不曾想才开学书就出版了！"

那是2006年的9月16日，我的第一本小文集《心海如花》在当时深圳的文化标志性符号的深圳书城（罗湖）羞涩地张开笑脸，袅袅婷婷地迎接了热闹非凡的签售仪式。

回想起来，实在应该感谢水发老师的极力建议。这位在内地叱咤风云的中学校长，低调、沉稳地栖息于我们年级办公室的一隅，以他的品格和智慧给予我许多关怀和帮助。

更不可思议的是五年后的2011年冬季，我又携《生命中的美丽相遇》在新崛起的遐迩闻名的深圳中心书城再现了往日的瑰丽。

一切似乎是不期而至地、悄然地说来就来了：

美丽的花篮和鲜花簇拥着悬挂在南大厅的讲台上的我的巨大的书

籍封面照片。深圳市教育局唐海海副局长、深圳市文体旅游局陈新亮副局长等师长朋友亲临签售现场发表支持演讲；深圳中学王占宝校长和我的81届、83届的学生、94届的陈新、95届的智华等同学送来了花篮；深圳华强职业技术学校、深圳高级中学的同事们以及深圳大学、深圳中学、深圳实验学校、深圳翠园中学、深圳福田中学的老朋友们，纷纷到场支持我；还有来自各行业的许多真心朋友以及深圳特区报、深圳商报、深圳晶报、南方教育时报和深圳电视台"第一现场"的记者朋友——我当铭记！

走着走着，遇见了朋友；也遇见了我的书。

如果说，第一本文集源于长久的鼓励在某个时刻而势不可挡地爆发的话；那么，第二本书则来自网友们的推波助澜的力量；第三本书，就是勇气了。

两千余个日日夜夜，已经有三十万人来看我。旧日同事、年轻的资深电脑教师郑娟指导我开博客的2009年6月5日那一天，新浪博客早已风生水起！

从此，我在新浪网剪裁云霓、点染青山、披挂星月，和志同道合者一道快乐地传承爱和美。

日前，有一个美丽经历：

清晨五点，我醒来又睡过去了，做了一个非常清晰的梦。梦中，我居然从容地接过主持人的话筒，在万人大会上婉转地批评他的观点，我主张要树立正面的力量，不要太多负面消息的传播。梦中的我口齿伶俐，棒极了！醒来的我深切感叹自己的誓言已经深入骨髓。我开博客的初衷是传承爱和美，我支持朋友的窗口也是接力美好。因此，责无旁贷。

加油！

感谢你，新浪网；

感谢你，我的博客；

感谢你，我的朋友。

爱出爱返。我快乐地奉献，幸福不期而遇。我得到无数网友真诚的鼓励和爱护。今年初春，《北京日报》采用了我在新浪微博的一个评论，报社编辑寄来稿酬——区区几十元，拿在手里沉甸甸的！偌大的新浪网，首都北京的报纸却偏偏选中我的只言片语，这难道不是最高奖赏吗？

我有理由相信：这个缤纷的时代，没有什么奇迹是不可能成就的。

静待花开。

2015年初夏定稿

2016年春天出版

再续美丽

第三本书的"前言"和"后记"，已落地开花。

一直觉得缺少一笔——深情的一笔。

这个世界，珍贵的友情触手可及。

不由想起曾经让风华正茂的我怦然心动的一句话：凭着《国际歌》的旋律，我们找到了志同道合的朋友——借用这句话：凭着心中的感觉，我也结识了许多一生的朋友。

即使一直没有见面，或者只见过一面、数面，却已熟悉了上千年！

深切记得，那个落寞的冬季，网络名为"五六怡"的朋友，真诚地发给我一个纸条，问我心情好不好。如果说编辑出身的她凭文学读出我，不如说是她亲切地关注着我。她甚至给我发来手机号，亮出真姓实名欲与我谈心。

真诚，溢满我的世界！南北两地的我和她，心有灵犀。

在自己失意的时候，率先问候我的，竟然是来自远方的从未见面的这位网友。

翻阅过往博文的留评，才醒悟她一直追随我。人海茫茫之中，擦肩而过的朋友的驻足凝视，弥足珍贵。翻阅那些如缕缕阳光的评论，许许多多的关爱支持我笔耕不辍。

不能不提及另一位同样深切支持我的"萧鹰"朋友，从他的图文中，我知道他是一位"文化老兵"，谦和的朋友没有炫耀自己的官衔。他的文字功底厚重，给我的评论异常亲切、到位，每每让我如沐春风。去年，他因病休博一段时间后，还特意回复了我的问候。真诚地为他祈祷。

许许多多的真心朋友无法一一赘述，但还是需要记住这位居住加拿大的文学前辈：文野长弓，浙江省作家协会会员，杂文学创会常务理事，加拿大华人文学学会学术委员，加拿大《世界日报》（华章）编委——在花果飘香的八月，他的女儿从杭州寄给我她的老爸的新书。谨向前辈致敬！

我相信，人与人之间的挚爱是可以在瞬间捕捉的。

Seven——丽阿，是远在有着美丽大草原的内蒙古的小姑娘，这么些年，从大学毕业、找工作以及到岗后的喜怒哀乐，她都急切地一一与我述说；还有那位北京大学高材生小陈⋯⋯

爱和被爱是人间最美的相遇！无论网上网下，人世间，还有什么高于深情厚谊呢？

朋友，是一世的情。我真真切切拥有几十年如一日的朋友，也拥有真情相拥的网友，更拥有见面少而感情厚的心灵相通的挚友。

新书出版的动力也缘于海天出版社的王颖编辑的深切关爱。《2015年的第一缕阳光》记录了美丽情缘。

许许多多的朋友镌刻在心里，化作星辰和月亮。

这两年，我为大情大义帮助过我的朋友写评论、写序文，从其美丽的园地获取养料，得到启示和提高，甚至由此生成我的博文。付出，也是得到。

年年岁岁，风风雨雨，曼妙如歌的人生里亲情浩荡；友情始终如影相随！

全书分三章：

（选文按博文发表的先后时间排序）

蝴蝶梦（36篇）

五彩蝶梦犹如放飞的理想，一往情深编织美丽的诗篇。

玫瑰情（34篇）

娇艳的玫瑰借喻爱情，更囊括友情和亲情，年年岁岁绽放着不老的芬芳。

水晶心（48篇）

纯真的情怀就像明澈的水晶，风情万种地释放着它的静好。

目录

CONTENTS

玫瑰情

水晶心

我的歌

我的博客、微博、微信的个性签名均为"我像雪花天上来"。

这个签名，首先来自我的真名"雪明"的意象。

纯洁、光明的物品很美。"雪花"那么洁白、那么晶莹、那么婀娜！我非常喜欢它飘飘洒洒地从天空中降落的姿态。美妙的雪花有了广阔的天空作背景，才显得更加沉静和绮丽。

曾经，在网络的海洋中邂逅南京教研室的一位教师朋友，他智慧地招呼我：

"雪明老师，天上的教育如何？"

"呵呵，没有'天上'了！"傻乎乎的我随口回应他，现如今怎么也想不起当时是在怎样的语境下的对答。

他快乐地揶揄我："你不是从天上来的吗？"

反应总是慢半拍的我不禁羞愧地笑出声来！

真的很喜欢雪花，真的很喜欢它在空中怡然地舞翩跹。有什么能比这个意象更美的呢？

我的个性签名应该是一首歌，一首诗意的歌！

2015-05-08 16:16

蝴蝶梦

Butterfly

　　五彩蝶梦犹如放飞的理想，一注情深编织美丽的诗篇。

那时，过年最开心的是穿新衣

2014年的冬季，似乎没有雨、只有风

那时，过年最开心的是穿新衣。

除夕的晚上，新衣服就放在枕头边，听着此起彼伏的鞭炮声、闻着炸油角的香味儿快乐地渐进梦乡。

大年初一，欣喜地穿上新衣，小伙伴们互相端详，笑作一团。

过新年，穿新衣！

记忆中，只有那一年，大约是我上小学六年级的那年，大年初一的早上，我没有穿新衣。

我还记得那件衣服是非常厚实的夹衣，布料的图案是五彩的碎花，异常艳丽。非常奇妙的是小小的我，一直不喜欢繁杂的花衣，虽

然喜欢唱那首"小燕子，穿花衣，年年春天来这里"的歌儿。小时候
并延续到青年时代，我都特别喜欢纯色的衣服，尤以白色为上。锦绣
年华的我浪漫地信奉"纯洁的颜色"以标示"雪"和"明"的追求。

回首那些可爱的往事，很可心，很美。

一向听话的我却不肯穿那件花衣服，母亲也没有勉强我。美丽的
花衣服很快就送给表妹了。

而今，过年，我们并非一定穿新衣了。衣柜里挂满了各式各样的
美衣华服，常常为穿哪一件衣服而发愁的我却很向往缺衣少穿的年代
里的那份单纯的美丽。

2012-01-22 16:38

第一次坐飞机

　　不知是天生的胆小，还是小时候被妈妈过分的呵护吓坏了，我特别怕爬高。上中学那年，被分配住"上床"的我迟疑了很久都不敢攀爬上去。

　　恐高的我错失了多次坐飞机的机会。

　　直到1990年暑假，我领学生陈磊到北京参加共青团中央、中宣部、中央电视台、《中国教育报》等五家单位联合举办的演讲比赛，才不得不坐飞机。

　　记得飞机凌空飞起来时，我轻轻闭上眼睛，压抑着紧张的心跳，感觉自己也跟着飞了起来——轻飘飘的！过了一会儿，我屏着呼吸睁开眼睛，梦幻般地看到美丽的白云，它们似烟似雾在我的眼前迤逦掠过……

　　不知是为了给自己壮胆还是情不自禁，我轻声地哼唱着：

　　"我爱祖国的蓝天，晴空万里阳光灿烂，白云为我铺大道，红日送我飞向前！"

　　唱着，唱着，我的心儿随之轻松起来。

2012-03-25 17:20

一身诗意千寻瀑

离别杭州那天早晨，下着小雨，一如我不舍的心！发烧的我仍来和至爱的西湖辞行

　　杭州，是和西湖并存的；而西湖，在我的心中又是和柳树、和美丽的传说相依的。千秋万代，书写它的美的文辞数不胜数。小小的我，只想出用"诗意"来囊括它。

　　西湖是杭州的灵魂。它无处不美，无时不丽！"晴方好"来"雨亦奇"，无论淡妆还是浓抹均相宜。无论晴天、雨天还是雾日，就如西子的一颦一笑般，各具风情。

　　从我懂得作文那天起，我的"印象西湖"的主要物象是"柳树"。

　　婀娜的柳树深情款款地绕着湖边走，亲吻着那一池碧波！如果没有柳树，西湖会怎样呢？

　　我酷爱柳。

　　20多年前，粤北母校未来湖畔的美丽柳树因病之故，被一一砍伐，取而代之的是那些板着脸孔的热带大王椰。我难过惆怅了好些日。数年前，在北京天坛公园乍一看到长长的柳林，不禁欢呼雀跃。

蝴蝶梦

不过，同样的东西，在不同的地域和环境却有不同的感受。我不能说我不爱北京的柳树，只是它们带给我的感觉是疏朗乃至大气般的；唯有西湖边上的柳树，却如千寻瀑般的诗意、妩媚。它依偎着那些烟雨亭阁，点缀着叶叶扁舟——骄矜而慵懒！

行走在错落有致的杨柳岸，享受着细雨般飞扬的絮花儿的散落，如梦如幻。啊！妇孺皆知的雷峰塔下压着为真挚爱情献身的白素贞，风光旖旎的断桥则留下她和情郎许仙的爱的足迹！循着如诗如画的爱的脚步，我看到"长桥"上镂刻的飘然欲飞的美丽蝴蝶，这里是万松书院同窗三载的梁山伯、祝英台"十八里相送"情切切之地哦！还有白居易、苏东坡以及岳飞、钱王乃至秋瑾、郁达夫、林徽因等古代、近代、现代先贤留下的荡气回肠的史迹。

穿行在湖光山色里，数不尽的瑰丽的传奇在我的眼前掠过。如果说，现实的景致是西湖的外在美；那么，过往的才子佳人的万般爱和英雄豪杰的千古情则是西湖美景的内核。

这种诗意的唯美让西湖的美得到铺垫、渲染和升华，形成独特的"万古人间四月天"的意境。无与伦比的绮丽让千山万水都终难望其项背。

的确的呀，这里有着主观思维的萌动。在美丽的西子湖畔，我多次听到凄美的小提琴协奏曲《梁祝》响起。可见，西湖，注定与传奇相依，它不是单向的。或许可以说，小至对个人爱情的忠贞和承诺；大至对民族、对国家的忠诚和以死明志的铮铮铁骨。

因此，又有什么能媲美集高雅与豪情于一身的西湖呢？

唯有西湖，一身诗意千寻瀑！

2012-05-03 06:43

"勇"者无敌

"勇敢"的真谛是?

很小的时候,就知道"勇敢"是美,而知道归知道,小小的我常常做不到"勇敢"——因此很沮丧。

追究起来,与我的启蒙教育可能不无关系。

我没有上过幼儿园,原因是看到去幼儿园的小朋友总是哭着离开家门,非常害怕的我向妈妈提出"自己在家玩",至今我仍记得拿着小桶和小铁铲独自玩泥沙、到草地上摘花的情景。当我终于上学时,小伙伴们往往轻松地跑过车来人往的马路,唯独我一人在马路这边观望、踌躇,因为我牢记妈妈的教导:

"一定得看到两边都没车时再过马路!"

……

高中毕业时,被挑选到师范读书的我很淡定,并不羡慕到大型国企工作的同学,虽然那个年代风行"工人光荣"的理念。

我对好友说:

"我不喜欢做工人。"

要知道,这在当时即使不算惊世骇俗,也是不可理喻的。它意味着我喜欢"小资产阶级"哦!其实,这种想法源于小学三四年级的一次参观活动。老师带领我们参观机械厂,初衷是让我们感受工人的伟

大。但是，胆小的、喜欢安静的我却被隆隆的机器声吓坏了！

在过于被呵护、被迁就的环境下长大，是很难有大无畏气概的；虽然我安静地读过许多惊天动地的英雄人物的传奇，逐步萌发了为理想勇于牺牲的信念。

因为不勇敢，我的体育成绩总是勉强及格；而在师范就读时军训的实弹射击让我兴奋地体验到：

勇者无敌！

那次军训，我们住到了军营里。我经历了"夜半紧急集合"、"急行军"、"出枪刺杀"、"操正步"等，不需要拼胆魄的练习没有难倒我，相反我的站姿和行走还得到教官的褒扬。

军营里，我行的军礼曾被教官赞扬。

但是，军训最精彩、最刺激的项目是"100米步枪实弹射击"。"砰砰"的枪声让我心跳不已。我是排里一班的学员，一直不敢上，直到最后一个班的同学全打完了，我才在教官严厉的目光下趴下端起枪。

很奇怪，趴下时，不可能畏缩的念头让我平静了下来。我按教官的教导，以"三点成一线"的方式，轻轻扣动扳机，连发三枪，居然几乎全中靶心！三枪27环的优秀成绩。

也许是天生的好眼力——每晚睡前躺着看书就是不近视的我让全体同学再次刮目相看。呵呵！胆小的我"偶尔露峥嵘"。

其实，勇敢是学不来的。

内心的镇定才是坚强，内心的强大才能勇敢。

2012-05-17 10:19

美丽的光环常常消失在瞬间的考量

心远地自偏

我选择就餐地点的首要条件为：环境安好。吃什么倒不大重要。

上周末傍晚，远远看见一家徽菜馆灯影婆娑、窗明几净，于是快乐地进去坐下。很快发现看似光洁的地面却黏糊糊的，和蔼的服务生做事拖沓、步骤乱。

我想，真正能经得起推敲的东西是不怕时间检验的。只可远观而不能近看的事物、甚而人，真的不少。表面的光鲜，可能会让人愉悦，但梦幻的美一触即溃，反让人大大失望。

人，也是要处的。越处越知根底，越处越知美丑。否则，怎么会有"相见容易相处难"之说呢？

譬如夫妻，朝夕相处，才透彻地读懂对方，并通过时间逐步磨合彼此的性格，互为兼容。我认为，即使恩爱夫妻，摩擦也总会有吧。求大同存小异就好呢！问题是若连"大同"都"异"就没法过了。我一个非常温婉可爱的朋友的先生三五年就出点花边小消息，太难为她了。诚实、善良、勇于担当是我们做人的标尺，至少要达到"诚实"。三番五次不诚实者，就"很不诚实"了。超越底线很难共处。

　　"天长地久"是人们对婚姻的美好祝愿；而人世间，不是所有人都能"永结同心"的啊！原因是诸方面的。不可忽略的是：短时间碰撞出爱情火花而匆忙结合者，往往分手的多——

　　因为美丽的光环掩盖了事实的真相。

　　谨记。

2012-06-08 07:28

或许深爱朝鲜舞也是缅怀那些年

我自己编的朝鲜族舞得到同学们赞赏

一直非常喜欢朝鲜舞，已经多次近距离地看过平壤歌舞团的演出。

我觉得朝鲜舞的舞步特别优雅。它不同于蒙古舞的豪迈、大气；也有别于西藏舞的曼妙的长袖飞旋；更异于新疆舞的奔放热切。

朝鲜舞裙子长及脚面，很矜持。上半身独特的唐装领上有着轻盈的长长的飘带，稍一动作，它就飘飘欲飞。

它的长裙给舞蹈奠定了基调：不会有太多大跨步跃起的舞步。细碎的、含蓄的步履配合着婀娜的"剪刀手势"，缓慢而优雅。精致的旋转带动裙摆，美妙得像鲜花竞放！

因此，我深爱它。它从没离开我的视线。

那些年，逝去的青春岁月，正是"八个样板戏"风行时，单调得像一杯白开水的舞台和影坛，偶有朝鲜歌舞和电影的点缀，立马光彩照人。记忆中，我会异常兴奋地赶往剧场看朝鲜影片。在那些没有裙子的日子，我特别羡慕仙子式的朝鲜裙，包括朝鲜人民军的女兵的半身西式裙。

我的青春岁月缺乏美丽裙子，因此对偶露笑脸的朝鲜裙情有独钟吧？

已经记不清看的那些朝鲜电影的主题和情节，只感受到主人公对领袖的崇拜，对革命的忠诚，更深深记住那些虽不华丽但异常曼妙的长裙。

我觉得穿上裙子的女子才像女子。裙子是性别的显著标志。

因为渴望，因为喜欢，才美丽。我的有向往、有憧憬的青春永远铭记这一份惦记。

或许，也因此深爱朝鲜舞？

2012-06-21 10:00

认识舞蹈

题记：好的舞蹈和好的文章一样，是有灵魂的。

舞蹈是以经过提炼，组织、美化了的人体动作去展示人们的情感和思想，反映社会生活的一种艺术。

不久前，有幸在深圳大剧院观看中国人民解放军总政歌舞团的舞蹈专场《燃烧的舞步》演出。这台荟萃十数部金奖的节目，开启了我对舞蹈的感悟。

应该说，看总政歌舞团演出前，我脑海里的舞蹈的感性知识仅仅是动作——美化了的随歌曲而舞动的各种姿势。我先前更多地注意这种特定的动态美，它的含义以及节奏等等。

我边看边悟：发现好的舞蹈和好的文章一样，是有灵魂、有意境的。

如女子群舞《送军鞋》，几乎没有什么变幻以及复杂的动作，后方老乡们排成一行，以缓慢的、独有的行走姿势，展现"送军鞋给前方保家卫国的将士"这个鲜明的意境。一舞者"特立独行"，在群舞的烘托下独自演绎各种体现主旨的美姿，强化手中的"军鞋"，表达战争年代深厚的军民鱼水情。

　　与写作一样，这个场景的结构采用的是"点面结合"的手法；而群舞的不变的"行走"，则采纳了文学的修辞方式"反复"——引导观众对舞蹈的题旨的欣赏。

　　这个节目，引领我们去感受主题，领悟美：

　　从舞蹈来看，美不仅仅是美丽姿态的舞动，不仅仅是七彩的轻歌曼舞的点染，美更多的是含义深长、主题突出的构图。

　　男子独舞《永不消逝的电波》，除了激越的舞步，在听觉、视觉上的综合设计，实在是不可缺失的。在敌人即将闯进来时，正在发报的共产党人从容不迫、视死如归。在紧张的、剑拔弩张的一刻，只听轰的一声响，一道白光射进房间——杂乱的吆喝声、枪声以及气势汹汹的警笛，形成威逼革命者的态势；而勇敢追梦者的大义凛然、慷慨赴死的精神光照千秋！

　　可以说，这种光影和声响形成的视觉、听觉的舞美，完成了对时间、地点、人物、事件的叙述。

　　因此，我领悟了舞蹈——"是一种综合了听觉（时间性）和视觉（空间性）的表演艺术。"

2012-09-25 16:47

水花儿

穿上粉红色新裙子的小可爱，是陪伴我走进这座城的第一个小朋友

我在博海中遨游，常常望见美丽的晶莹的水花儿，虽然稍纵即逝——但我过目难忘，惊喜有加。

譬如：前天，看到"中山大学77级生化系"的博客名，非常亲切。我在那儿留言说，我的弟弟逸明当年就是中山大学77级生物系的。他马上关注了我，并回复：他们熟知弟弟一切！说弟弟从粤北到广州、深圳，现在美国。还告诉我，其博客上的视频可以看到我弟弟青春岁月的笑脸。

去年，"紫紫藤藤"也在新浪微博上询问我的故乡，她说我的父母也许和她的父母是曾经的老同事。后来得到证实。她的母亲时隔几十年居然还记得我们几兄妹的名字，好感动。

有时候，正怠倦时，远方飞溅的水花儿让我眼前一亮！

刚刚看到"邻家小女"优雅执着的向往：

"即使心里的城倒塌成一片废墟，我也会在废墟中捧着一株小花、立在那里迎风笑。"

多么可人的意境！面对失败，面对狼藉，面对不堪——也不屈地快乐地捧着美好，憧憬美丽。如此人生，夫复何求？

作为女子，什么才是最美？是理性的智慧，还是感性的美丽呢？这个时代，繁花似锦，令人目不暇接。美，也就被赋予了更多的因素。

"恬淡清静"博友如是说：

"当学会了理性的思考，像男人一样宏图远志，女人的感性会稍稍褪去柔美的光环，我不大喜欢这样做女人，于我的性格相悖。但是，时代需要；生存需要；女人的知性和智慧需要。"

这些掷地有声的话语，支撑着我们做一个胸怀壮志、理性、智慧的魅力女人。

一朵朵的水花儿静悄悄地绽放，千姿百态地投身茫无涯际的博海。

美哉！

2012-10-16 18:52

少年强则国强

题记: 这个《三国演义》的忠实粉丝, 打动我的不是他的文字, 不是小儿郎成为仅有的"全国校园文学新苗奖第一人"的光环; 而是他的诚实、善良和淡然。

这个日新月异的时代, 出类拔萃的孩子层出不穷。

前不久,《深圳晚报》以《11岁少年出版12万字穿越小说》为题报道了南山区育才二小六年级学生单世永的故事。

上小学前, 喜欢《三国演义》的小小单已经把书读了一遍, 后来又陆陆续续读了四五遍。在自己的小说中, 10岁的他与班上的5名同学进入时光洞, 穿越到三国时代, 迅速成长并建功立业, 最终打败刘备, 大战曹操和孙权, 一统江山。

男孩子建功立业的远大抱负固然令大人们欣慰, 而小小单在获得了掌声后的淡然和真诚更让我喜爱。他告诉记者, 长大后不想当作家:

"写作太累了, 挣钱太不容易了 (小小儿郎的新书《风生水起闯三国之乱世之争》去年在老师的帮助和爸爸的赞助下, 由世界汉语文

学出版社出版1000册，总共花了14500元，出版定价35元人民币，目前卖了12本）。我想当个金融家，挣了钱，再去从事环保事业，如今的环境危机太严重了。"

没有高谈阔论，在真切中表现出对社会的责任感。

小小单歌唱得很好，还会弹吉他，当记者问及此，男孩更显可爱了：

"我当时觉得弹吉他很帅。"

呵呵，在成功面前保持着一颗平淡心并率真、冷静地设计未来。我想：这个小小男子汉爱学习，有理想更兼沉稳，多么美！孩子在回答记者的询问时，感谢硕士父亲的严格要求，他说很小就学认字了，3岁已经会读《丁丁历险记》。

在很多学生都热衷网络的当下，小作家并没有微博，他回答记者"打的经常都是挂机游戏"。

这也让我非常感叹：快乐的真正属于孩子的生活！而这个既爱读书又爱玩的孩子真真切切地是壮志在胸又怀悲悯之心。

单世永小朋友最喜欢文天祥的《过零丁洋》。欣赏"人生自古谁无死，留取丹心照汗青"的他却说：

"我不喜欢战争。特别是当小说中的我真正步入了乱世，真正亲临一场战争时，感觉到的是无比凄凉！尸横遍野、帅旗和短剑倒地，这不是我喜欢的生活。"

美哉！中国少年。

2013-01-26 12:04

我像雪花天上来

3月的一天，来到朋友的学校。

信步走进小吴老师琳琅满目的工作室。春意盎然的长方形的房子里挂满了学生们美丽的版画、布贴画和水彩画。啊！那两只可爱的小兔子跃然画外，我甚至听见它们欢快的叫声了呢。

"送给您吧！雪明老师一定喜欢小动物。"豪爽的小吴老师说。

我忙推辞。

呵呵，喜欢的东西可多了。而君子岂能夺人之所爱哦？

我接过小吴老师递过来的一杯热气腾腾的香茗，坐下来缓缓道：

"我喜欢雪花。可以构思一幅漫天飞舞的晶莹雪吗？如果画面过于苍白，可以画一只或若干只可爱的小鹿；但不要喧宾夺主……"

"要圣诞老人吗？"小吴老师抢先一句。

"不要哦！"我笑答，"如果这样，就落俗了；只要小鹿，但它一定是配角。乖巧的小鹿和美丽的雪花的结合应该能珠联璧合地折射出纯真可爱的画眼。"

"呵呵，太美了！"曾经是江西省一所重点学校的大队辅导员的小吴老师手舞足蹈地跳起来，"您听过《我像雪花天上来》的歌儿吗？我给您唱——

"我像雪花天上来……"　　　　　　　　　2013-03-20 16:22

只要岁月静好

在西湖断桥上的遐想

周日，在美丽的松山湖遇见一位能在米粒上刻字并将之放进水晶挂件的大师，他问我："您喜欢'富贵平安'，还是'爱情幸福'？"

我笑了笑，把"岁月静好"写毕递给他。

"啊！从来没有人刻这几个字呢。"大师动情地望着我道。

是的，我只要岁月静好。

周六，四川芦山七级大地震——天崩地裂、飞沙走石！顷刻间那些活生生的生命停止了生命。

如果岁月静好——

一个国家，没有天灾人祸，没有动荡和流离；

一个团体，没有分崩离析，没有内耗和流血；

一个家庭，没有背叛和猜疑，没有愤懑和痛楚！

这些天，我为灾区的民众抑郁；我还常常想起因同室操戈而毙命的复旦大学那位家境贫寒、成绩优异的男孩；也想起被贪婪、恶毒的入侵家庭者几次三番骚扰的好友。

我只要岁月静好——

粗茶淡饭胜似海味山珍，温暖的小屋堪比华美的别墅。

内心的宁静、安好就是富贵，就是平安，就是幸福！

我挑选了一枚小小的晶莹的蝴蝶造型的挂件来安放"岁月静好"的小米粒，把它佩带在脖子上，欣欣然。

2013-04-23 11:27

向着太阳唱出歌

早晨，拉开窗帘，向着太阳唱出歌！

因为开怀，所以一笑。

在琐屑中，在见过风雨又遇彩虹的无数个日日夜夜里，我免不了有困惑、叹息和如释重负的历练；道路虽然谈不上越走越宽广，但千锤百炼的内心常常因为闪耀的梦想照亮了心灵而铺平了大路。

譬如，复旦大学某研究生因生活琐事导致"同室相煎"的悲剧；又譬如，我的挚友紫仪遭遇了心思缜密、狠毒的家庭入侵者的多次折腾……令我在苦闷里对前进中的社会产生怀疑和失望。

因为，人与人之间意见不合、甚至志趣不相投都很正常，但若心生忌恨、要置人于死地就让人很难谅解了！看过有关报道，知晓两位研究生同学学习成绩都非常优秀，却因生活琐事积怨结仇，我非常痛心。

如果有人指引和提示，如果有人走进彼此的心灵，悲剧是否可以遏制呢？

非常非常痛心。

至于三番五次折腾紫仪的那个女人，我觉得无言以对。我一直认为，爱是非常美丽的事。而所谓婚外情大多是"发乎情"而未能"止乎礼"而已。本来，到此为止就偃旗息鼓好了，毕竟，侵犯别人的事被察觉只有羞愧而没有丝毫快意，更不要说美感了。偏偏不停息，偏偏要去骚扰；而且是故意激怒善良的、有高度涵养的人的行为就令人憎恨了！只说毁人照片就足够了。

紫仪的学生说那个女人"羡慕、妒忌、恨"他们的老师。想想确实如此，这个心怀叵测的女人，一直模仿我可爱的朋友梳头穿衣，甚至，也去弄一把紫仪那样的小红伞。

不由想起报载的一则消息：一名13岁的女孩居然杀死比自己漂亮的一个同学！

一个人，岂能坏到没有一点善良之心？想起紫仪说，她亲见她把社区办公室前的一丛白色香花全摘光，还喜滋滋地亲吻那些被踩躏的花儿，连说："好香呀，好香！"

——足见一斑矣。

如果我们的大环境能够加大力度鞭挞卑微、弘扬高尚，做不义事者是否会幡然猛醒呢？

能够抑制自私、猥琐的社会是多么美好啊！

昨天，读到托尔斯泰的一段话，茅塞顿开：

"不要让外在的生活压倒内心的生活，不要磨灭和闭塞灵魂，要让灵魂成长壮大，让灵魂得到幸福；而只有灵魂的幸福才是真正的幸福。"

我以为，"内心的生活"就是我们丰盈的精神层面。只有植根于美丽的理想和充满期待的沃土的树苗，才有可能长出参天的大树。

回过头来想想——心会平，气会和。

青年是国家的未来。放眼望：

1919年5月，"到中流击水，浪遏飞舟"的青年走出书斋，呐喊前行，唤起沉睡的民众；今天的中国，被我们认为和老一辈不一样的、会享受生活的无数的年轻人甘于放下安逸，投身于"义工"大军

的洪流，投身到各类重大救灾活动中，投身到救人于难里——不惜流汗流血，甚至献出青春的生命。

我想，社会在探索中前行，总有一种正能量充斥着我们的全身。

推己及人吧，我的环保意识真正的触动是亲爱的儿子导引的。很多年前，小小的儿子批评他的老爸在残疾人站立的地方开车过快的意见令我深深感动。毛毛躁躁的儿子常常不注意整理床铺的习惯让我头疼，但他在公共环境绝不乱扔一根小纸屑的严谨使我开怀；还有他的悲悯之心、同情之心更令我十分欣慰。

也因而，我有理由相信长江后浪推前浪！

我非常认同这种说法：

在琐细之中积累伟大，在坚守之中兑现梦想。

只要我们头脑清晰，只要我们心智健全，只要我们秉承爱和美的信念，还有什么污垢冲刷不掉？还有什么不齿不被掩埋于脚底？

向着太阳，我们唱出歌。

2013-05-06 20:47

数字秘密

我喜欢小鹿。

小时候，从书本上获知小鹿温顺、可爱。美丽的它轻巧地在绿色草地上飞跃的英姿让我过目不忘！

之后，还知道"鹿"和"六"相近；再后来，相信"六"就是"顺"。

于是，开始喜欢本来就喜欢的"小鹿"、"大鹿"了呢。

很多年前，看过一则关于星象之类的文章，相信"二"和"七"是我的吉祥数字。结果，若干时日，我可爱的儿子恰恰出生在"2月27日"，小家伙确确实实带给我无尽的快乐和安详。

属"鸡"的他和我正应了那个喜庆的词语——"龙凤呈祥"。

"2"和"7"加起来是"9"，我的农历出生日期又恰恰是"九月初七"；新历"25日"的"2"和"5"的总和还是"7"！非常奇异的是，20年前，我就不喜欢广东人都特别热衷的"8"。

信哉！我的吉祥数字。

很忙，随手胡诌几句——

朋友，您信否？

2013-06-13 18:31

美丽不关珠宝

说到首饰，我们常常想起温润的翡翠、晶莹的钻石。

欣喜获知（见《深圳商报》）废旧的建筑材料，日常的生活用品也可以制作价格不菲的首饰。

也就是说，首饰的材质不是最重要的，首饰的姿态、个性和美才是最重要的。换言之，美不问出处，也不在价格。

极其认同之。

网上已有多名朋友向我发纸条、私信问及我的衣裙的品牌了。她们说，喜欢我的裙子，希望我公开它出自哪家大牌的手笔！当我回答自行设计的为多时，仍有人坚持请我为其设计，甚至诚恳宣称可以付我有关费用。

感谢诸君！被认同是非常开心的。

十多年前，我入职高级中学，其时，学校设备处真的有老师在某天携绢布若干回校，邀我设计衣裙，哑然失笑的我告诉她：

我从未学过服装剪裁！所谓设计，不过是纸上谈兵、以图标示而已。

我喜欢那些可爱的小东西，徜徉于华强北街琳琅满目的小商品市场的我，常常快乐得像小鸟！我钦羡那些宝物的态势、颜色及其蕴含的意义，而不着眼于它的价格；更不认同那种以昂贵表明自己的身份的购物心态。

当然，我也珍藏某些所谓的名牌衣物。美好的东西总让我们喜爱。

有人说，拥有高贵年龄的人应该拥有一线品牌的衣饰，那些小花小草是不适合尊贵者的身份的。

我不以为然。而且，从本质上看，人没有高低贵贱之分，年龄不能代表一切。同样的东西，可以有不同的审美。当"当代首饰"艺术已经发展到观念上的更新时，理念上的交流大于珠宝，甚至可以与之无关。

因此，"美"和"雅"应该双宿双飞。

与珠宝无关。

2013-07-20 08:04

"大"湖北

题记：和杭州西湖相比，我觉得武汉东湖的柳树都显得
　　　粗壮些儿，甚至不屑于垂首屏气；它们似乎喜欢
　　　高声歌唱！这里没有娇媚的烟雨亭台，随处可见
　　　的是傲然挺立的水杉，刚正不阿。

朝鲜族裙装可能适合西湖的柳树

湖北，这个国庆节我算是近距离地接触了。

20年前，乘船游览美丽三峡时，途经武汉，只匆匆一瞥。

这次随友人游览了武汉、咸宁、赤壁三地。我的感觉是

"大"——城市大，学校大，江湖大，公园以及景点也大。与武汉相比，我们的深圳是小家碧玉了！

下车伊始，我们就直奔蜚声中外的武汉大学以及闻名遐迩的东湖公园了。

真大啊！不由不脚步匆匆。

最让我瞩目流连的是久已向往的樱花林以及樱花大道。虽然眼前的枝干婆娑的樱花树花叶全无，但裸露着的美丽的身姿依然风情万种！据说，它的花期仅两周。春天开花时，校园里人头涌涌的情景，央视新闻频道播过的。陪同我们参观的武大研究生学生会的年轻人幽默道：

"花开日，就是我们闭门时。"

武汉大学里新旧建筑物交相辉映，古典的矜持秀美和现代的张扬大气此伏彼起。如同飞檐斗拱、富丽堂皇的黄鹤楼俯瞰着烟波浩渺的长江那样使人浮想联翩。

跻身全国十大高校之列的武汉大学，硬件、软件应该无可厚非。听说11月就是校庆了，到处都在忙碌。也许忙，免不了有些乱和欠周全之处。

大气中的不拘小节吧？

和杭州西湖相比，我感觉武汉东湖公园的柳树都显得要粗壮些儿，甚至不屑垂首屏气；它们似乎喜欢高声歌唱！这里没有娇媚的烟雨亭台，随处可见的是傲然挺立的水杉，刚正不阿。

不由想起洪湖，想起歌剧《洪湖赤卫队》，想起主人公韩英的大气磅礴的铿锵唱词。

天高地阔，得天独厚的湖泊、江河养育着千千万万气壮山河的韩英式的英雄儿女。

从咸宁到赤壁的途中，我们伫足瞻仰了"汀四桥战役纪念馆"，真切感受湖北人民的博大情怀和丰功伟绩，肃然起敬！

古往今来，光照千秋的气节激励着我们。家喻户晓的古代四大美人之一的王昭君也出自湖北秭归。她的率性和勇敢不也表现出"大"湖北的气概吗？

武汉是省城，咸宁是地级市，赤壁则是个县级市——都有一种从容不迫的气度。

读书时，厌倦打杀场面的我不喜欢看《三国演义》，但眼前气势磅礴的"古战场"还是深深地吸引我了。因为古迹和现代艺术的美诠释着"大江东去，浪淘尽，千古风流人物"的慨然。这里不仅有周瑜的硕大石像，也有娇美小乔出嫁时的场景。还有数不清的美树、美竹。

特别让我难忘的是周瑜的眼神：他的傲慢被雕琢得入木三分——恐怕，画龙点睛的要义便是此呢。

湖北，是有故事的地方啊。

我来了，不枉此行。

2013-10-12 10:55

童话

常常，当我倾注于某种事物或某个问题时，我的面前就会瑰丽地展现那些奇思妙想。

不久前，我把《童话世界——献给儿子的生日礼物》这则博文特意挪至博客左上方的"特别推介"的小文本里，它昭示了我对"童话世界"的一往情深。前两天，就看到儿童文学奖得主、年轻的陈诗歌先生的童话理念的有关报道，欣喜万分。

童真无邪、童言无忌，因此，童话最可爱。

陈诗歌提出，大人不仅要给孩子读童话，更要自己读童话。

非常赞同！美丽的童话有美丽的憧憬。如果我们的心田满驻美丽，才能美丽。

不由想起深圳中学亚迪学校的温和、友善的郭刚校长发给我的热忱鼓励的信："向雪明老师学习，用一滴水的清纯去应对一辈子的繁杂！"它让我备受鼓舞，我觉得这个褒扬值得珍视。作为老师，如果能永葆童心，该是称职的。

呵呵，前两天，我就和一位朋友说，我憧憬有一所花园式的、如同城堡般可爱、美丽的学校，孩子们在那快乐地读书，幸福地成长！我想起自己儿时涂鸦的诗意栖居在一棵大树上的小松鼠们的可爱生活图景。

陈诗歌认为，童话不仅是一个文学问题，还是信仰问题；不仅是一个信仰问题，还是一个修行问题。

Yes！相信童话就是相信一种可能性。"它不需要钢铁般的事实，它在探寻一种未经历史、文化沾染的可能性，那是一种儿童式的可能性"。不相信，我们将失去最宝贵的童真。

在这个日新月异、充满变数的时空，没有一个美丽的执着，我们会疲惫不堪。

我说过，我很懒，不喜欢耗费精力去琢磨过于纷繁的人和事！因此，我提不起劲观看宫斗片，当很多电视台轮番播放《甄嬛传》时，我干脆关闭了电视机；就如同读书时不喜欢看《三国演义》的打斗场面一样。

我大喜过望地认同陈诗歌对《三国演义》和《水浒传》的"杀入敌群，取敌首级，如探囊取物"等现象的批评，他认为罗贯中和施耐庵如果读童话长大，那么这两本书就会换一种写法了，那样的话，读者才真正有福。

是呀，是呀！倘如此，学生时代的我就更幸福了。

啊！可爱的童话，拥有你，我们就有——美心。

2013-11-01 10:12

美心

题记：学会瞭望，给自己一份从容；学会回眸，给自己

一份冷静——沙中看世界，眼里有乾坤。

这是一个罕见的温暖如初夏的年。而我也安静地几乎天天流连于临时栖居的青青竹苑里诗意地看花、看草、看月亮。

随手翻阅自己的第一本小文集《心海如花》，看到《后记》中引文的珠玑：

前几天，《深圳青年》登载的一个小学特级教师的"美丽的心"让我倾倒。

这位老师应邀到外地上课。大礼堂里坐着上千名听课者，学生是临时从附近学校借来的，孩子们兴奋、紧张。一个胖胖的男孩举手要求读课文，可一开口就把句子念错了。老师柔声提醒他看清楚再念，他居然结巴起来。邻座的一个男生忍不住笑了，要求替他读，但老师没应允。

老师耐心鼓励那紧张且尴尬的学生重新再读，男孩额头渗出汗总算把那句子念顺当了。老师示意他坐下。然后走到那个发笑的

孩子身边问：

"你想评价一下他的朗读吗？"

男孩站起来，伶牙俐齿地说：

"他急得出了满头大汗，才把一个句子念好了。"

老师说："应该说，他为了念好一个句子，急得出了满头大汗——请你带个头，我们一起用掌声鼓励他一下，好吗？"

文章说，"这位非凡的老师，给了弱者尊严，给了强者仁爱，更给了所有孩子看世界的眼睛。"

这是一位值得我们向他敬礼的同行。"师者，所以传道受（授）业解惑也。"

我有幸成为"太阳底下最崇高的事业"中的一员，真的很幸运。我一直认为教师的职业是崇高的，但教师能否得到人们的尊重，不在于自己的"头衔"，崇高的是职业本身，不是自己；要配得上它就必须不断地内化自己、升华自己，就必须言传身教。

学生在《航灯》中写我，我觉得"很安慰"，在于做了应该做的工作。其实，有一件事曾经刺痛过我：

20世纪70年代中期，我亲见一个很优秀的男孩因为给一个女同学写了一封信，被他的班主任痛斥了一顿，那当班长的男学生流泪了，我也几乎窒息了。那是一个封闭的年代，早恋是离经叛道的。年轻的我虽然还很迷茫，但感到这种教育并非成功。后来，遇到那个女同学的事，我冷静多了。

………

谨以此书献给人民的教育事业。（2006年9月）

2014-02-09 06:17

爱心的队伍越走越长

题记：来到深圳将近20年了，我真切地感到她的美丽。
与其说这个城市的夜晚流光溢彩，酒绿灯红；不
如说它暗香浮动，异彩纷呈。我不否认，这里存
在龌龊，甚至也有血腥；但我看到更多的是排山
倒海般的春意盎然的温暖。

近日，看到深圳职业病防治院郭翔医生两次捐献骨髓给患白血病
的孩子的事迹，我流泪了。

因为很多年前，有一个报道让我不能释怀：一名白血病患者以及
亲人眼巴巴地盼着那位准备献骨髓的人的救助，而病人最终在绝望中
离世！原因是捐献者在家人的阻挠下放弃了义举。

我一直在想：如果是我，也会因为关顾自己而忍心放弃救助吗？

可敬的33岁的郭翔医生，读本科时，就报名加入中国造血干细胞
捐献者资料库并留了血样进行HLA分型检测。

2011年10月，他与一位急性淋巴细胞型白血病患者配型成功，在
云南应急救援现场工作的郭翔接到中国红十字会的征询捐献意见的电
话，毫不犹疑地答应说：

"配型成功是一种缘分和荣幸。捐献，那是必须的。"

……郭翔于2012年1月完成第一次捐献。

今年3月底，深圳职业病防治院办公室收到有关方面信函，才知道此事。院办还获知接受捐助的小男孩病情反复，需要郭翔进行第二次捐献。这时，郭翔已经毫不犹疑地应答再次捐献的召唤并买了机票。

再次躺在空军总医院细胞分离室的郭翔，虽然根据"双盲"规定未见到被援助的孩子，但他把单位和骨髓库发的慰问金、营养费和误工费共6000元全捐给孩子，还写祝福卡鼓励他：

"我亲爱的孩子，请你相信我，你所经历的困苦将成为走向幸福的道路；也请你相信，坚定的信念远比任何灵丹妙药更有力量！"

郭翔的盈盈爱心感动了医院所有的人，院长杨径、副院长黄先青及郭翔所在科室主任代表全体员工专程飞往北京看望、慰问他。医院义工队已经注册了49人，大约八成义工参与无偿献血。

根据《晶报》的消息，深圳目前有149人成功捐献骨髓。在郭翔之前，有两名二次捐献骨髓的志愿者。第一位名叫施亚飞，是IT从业者，今年32岁，去年完成二次捐献；第二位叫林强光，是司机，今年43岁，去年12月完成二次捐献。

前些日子，深圳报业集团就公交司机马爱平师傅扶起摔倒的老人后发生的一系列事件，引发一场道德大讨论。

发展中的社会，确实出现了很多问题，但我始终有一种信念：

善良和真诚永远是社会的主旋律！凶恶、虚伪永远为人们所唾弃。无论前进的道路怎么艰难，我们都清晰地看到爱心的队伍越走越长。

不久前的一个深夜，一个女青年得到一名出租车司机大情大义的援助后，萌生爱意，勇敢地公开示爱寻找恩人，她得到媒体记者和众人的帮助。《深圳晚报》当天的报纸的这么两句话我记忆犹新：

"爱情打败现实，温暖感动城市。"

来到深圳将近20年了，我真切地感受到她的美丽。与其说这个城市的夜晚流光溢彩，酒绿灯红；不如说它暗香浮动，异彩纷呈。我不否认，这里存在龌龊，甚至也有血腥；但我看到更多的排山倒海般的春意盎然的温暖。

我深切记得与郭翔一样年轻的向春梅，这个名字牢牢地镌刻在我的心里。那时我到深圳不久。我的第一本小文集《心海如花》里有文为证：

"身患绝症的向春梅留下遗嘱，捐出眼角膜让活着的眼有残疾的人重见光明。这是深圳首例捐献眼角膜的女英雄。电视台曾经播放过她生命的最后踪迹，我至今记得她孱弱而美丽的面容。

她撼动着我，从容地面对死亡，把光明和美好留给别人。"

我还特别记得深圳职业技术学院的一位阳光男孩临终前也捐献了眼角膜。单亲家庭里长大的他特别有爱心，特别勤奋。我深切记得他的母亲的哀伤和坚强；也深切记得无数爱心市民为他和他的母亲带去关怀和爱——譬如有人坚持给孩子熬药材鸡汤的事例……虽然，爱没能挽留住年轻人的生命，但他鼓舞着我们这个年轻的城市，他和我们同在。

帮助向春梅和大学生男孩等人完成遗愿的是深圳眼科医院的姚晓明博士。紧接着，有更多的人做出这种无悔的选择，甚至姚博士的母亲也这样。她不仅爱别人，也爱儿子神圣的事业——她用这种义举支持儿子。再有，仁心仁术的郭春园；爱心大使丛飞；为保护这座城市献身流血的公安干警、交警、保安员……

几乎每天，我都被感动着。

常常，我为周遭的琐屑或卑微叹息"人间四月芳菲尽"时，很快会被"山寺桃花始盛开"所吸引。

春天，的确可以常驻人间！

只要我们心里常青。　　　　　　　　2014-04-21 08:07

水云间

我喜欢"做一滴水，在清澈的小溪中静静地流淌"；抑或"做一股清泉，在温柔的月光下轻声吟唱"。

这是美——

一种很安静、很自由、很本真而无人干扰的美。

从小就不喜欢体育活动的我，到如今更无缘剧烈运动：职业所致的腿疾让我美美地选择可爱的轻歌曼舞的锻炼方式。

一直很怀念去年春天，我在广州中山大学门前的珠江河畔悄然起舞的快乐，那是怎样的一种享受啊！

偌大的舞台——水云间：

花草灿然，莺歌燕舞中的我翩翩起舞，陶醉在乐曲里，更沉浸在瑰丽的舞台上舞蹈而无人察觉的诗意中。

美水丽云淹没了我……

当下，暂且栖居于被万科地产自己冠之为"中国四大园林之后的第五园"里的我，也悄然且行且舞。我感激地数次婉拒这儿的模特队、舞蹈队、合唱团乃至乒乓球协会的真诚邀约，而静享一个人的舞台的怡然。

多么美。

2014-05-08 14:15

花儿为什么这样红

南方科技大学的小路长又长

我喜欢花儿。

那些逝去的美丽如同朵朵鲜花。

小时候，胆怯爱哭的我羞于见人，深切记得第一次登台表演的节目是小歌舞《我是一粒米》。头上戴着"米"的造型，除此之外，只记得因为隆重，我不得不穿上那件我不喜欢的大花裙子。

有一点可以确信，我一定不会像今天的小朋友那样活泼可爱，我相信我的演出一定面无表情。因为，我害怕出错。

三四年级时，我被新来的音乐老师逮住和几位高年级的姐姐一起排练舞蹈《南泥湾》。在少年宫演出时，我很紧张。演出后，哥哥说我手中的花篮捧得太紧、太低，人又最矮，花篮见底了！

一路走来，很乖、很听话、很好笑。

后来我和一大群同学一起被选送到市少年宫文工团，星期天我们常常在那儿唱歌排戏。

演出《刘文学》话剧时，我是跟着大伙一起喊口号的小龙套角色，即便台词少，动作简单，我还是出错了：喊着口号跟着押解杀害小英雄的坏蛋的演员退场。慌乱中不知是否英雄力量的催生，我居然沉着地若无其事地走回舞台中⋯⋯

这或许是儿时最精彩的一个亮点。每每忆起，我都会快乐地笑出声来！我为自己的"临危不惧"自豪。

才进中学大门，"文革"就拉开序幕。曾经静静地向往当一名英姿飒爽的文艺兵，只因为喜欢绝尘于世的美丽的绿军装。幸运地被留下读书而不用下乡插队，幸运地被选送上师范学校，幸运地在高中毕业前两个月被校领导指定加入了学校的"文艺宣传队"。

"文革"结束，已是母校语文教师的我被推举出演歌剧《园丁之歌》的女主角，代表学校到市大剧院演出。这个节目是"臭老九"香起来的应景之作，没有人指导，全凭文学的指引，艺术性可想而知。虽然，文学和艺术是相通的。

我喜欢文学艺术的诗意和美，但我不热衷于表演，不仅仅因为有自知之明——我只有两个月的所谓艺术功底；更因为，我觉得：

喜欢是自己的，表演是外扬的。

记忆中只有一次的排练是心向往之的。

那是走向新世纪的年。新年前某周末回校上课的我被恶人横抢书包，我从车上摔下来，膝盖破裂，伤得很重。同事们辛劳地代我上课，还要奔波探望我。每每接到朋友们热情洋溢的电话，我就恨不得马上可以回去上课。

半个月过去，来自五湖四海的年级同志们开心地迎接一拐一拐走路的我回校给大家排练新年节目。雀跃欢呼的场面我至今历历在目。二三十人的节目，选择表演唱的形式当能扬长避短吧？我圈定歌曲《祈祷》，切合年级组团结一心，迎接胜利的内涵。

小提琴手潇洒出场，拉开悠扬的旋律；

琴声中，我和数学教师金华同仁缓缓步出，激情朗诵；

大家三五成群逐一出场演唱……

我们热烈的气氛、深情的演绎博得了满堂彩。节目获得全校师生员工晚会独一无二的"最佳创意奖"。会后，同事们簇拥着奖旗合影的"全家福"早已载入我的第一本小文集《心海如花》里。

花香如梦。

2014-06-06 17:27

鹰击长空

青少年是飞翔的鸟儿，是搏击蓝天的雏鹰。

我的职业决定了自己最美丽的岁月是和这些颇具高度的可爱的灵物一起度过的，深深认同"教学相长"。

黑沙湾的风呼海啸就在身后

最近，深圳中学校方郑重其事地为校园内的流浪猫的去留举行了听证会。与其说老师们的大气、前卫的教育理念感染了我，不如说学生们对小动物的爱打动着我。

欣喜看到社会正步步走向文明、走向慈善、走向大同。

我也很欣赏实验学校一位教师与学生的共勉，大意是：我们所处的时代很美，也很乱；但应该有信心，它的明天一定更加精彩纷呈！

当我们有时免不了抱怨今天的学生不像学生时，是否也应扪心自问：老师就都像老师了吗？

我们都是社会的一分子，与天地共生。不同的时代一定孕育出不同的人。

纵观历史，它一直不断更新、不断向前；而年轻的一代，必定是祖国的未来。

相信孩子，就是相信明天。

最简单直接的是，我今天在这里写博文，离不开学生的支持。没有他们的一再鼓动，我不会在新浪网这个美妙的小园子快乐地耕耘。

而环保理念的坚定，也得益于儿子。他在香港科技大学读书时就对我说："妈妈，尽量不用塑料袋！"

有次朋友聚会，当那道与保护动物有关的菜肴端上来时，儿子神情凝重，没有动筷。

我也没有动筷。

毛毛躁躁的儿子会细心地招呼飞到窗台上的小鸟，给它们喂食；还悄悄地爱抚同学家里的小狗。

当我为孩子睡懒觉、不收拾房间等等不良习惯头疼时，转而想起他的大仁大义，懊恼便如烟。

由儿子联想到学生，到朋友，会有一种深深的感怀！比如旧日同事、高级中学年轻的张磊老师细心地从我的博文中知晓我的生日，次年当日发来生日祝福。谁说年轻人就不重情重义呢？

喜欢看电影的儿子写的影评令我感佩，占宝校长微博上展示的深圳中学学生的优秀习作，饱蘸才情！江山代有才人出。年轻的一代，

很多方面，已远超我辈。

楼下美容院的一位来自湖北偏僻乡村的女孩儿，以"私奔"的决绝逃离父母主持的婚姻。

我逐步认识当下年轻人对恋爱和婚姻的态度、行动。

我们的上辈的婚姻，大约多是父母之命、媒妁之言；到我们这一代，是自由恋爱，相守终生；而今天，年轻人对婚姻的幸福的要求很高，对婚姻的破裂尤其冷静客观。

以远眺的方式思考社会，思考人生，我们会更加豁达。作为师者和长辈，以智慧、知识和人格的魅力去引领孩子们飞翔，义不容辞；毕竟，人生的阅历让我们丰厚。我们不得不清醒地看待年轻人往往固有的一些弱点。怎样言传身教，怎样因势利导，怎样深入浅出……我们任重道远。

光辉的时代，我们继往开来。

2014-07-06 07:25

恋

题记：现代社会的生活快餐，虽然色香味上乘，我还是
深深依恋那些平淡无奇的玉米杂粮。

刚来深圳时，我常常思念故土的师长朋友学生，甚至提笔写信给韶关教育局长，想吃"回头草"。记得很快收到老局长厚厚的回函，主题是——欢迎我回去。

在深圳的同学闻讯专门为我举行了一个聚会。大家说：

"雪明，我们来深圳个个都几乎要脱三层皮！太难了——工作难找，房子难求！而你却很幸运，所以你不珍惜。"

我脱口而出："这里没有田螺吃，校园里连株像样的大树都没有。"

一片哗然……

我默然不语，怀念故土的青山绿水；怀念傍晚悠悠步出校园在小路上徜徉的闲适；怀念择一小食店坐下快乐地吃炒田螺的美丽。

直到今天，仍有同学笑我——为田螺和大树而撤退之说。我淡淡一笑，没有回应。

形式决定内容。就像五彩缤纷的现代照片取代不了中规中矩的黑

白照一样。现代社会的生活快餐，虽然色香味上乘，我还是深深依恋那些平淡无奇的玉米杂粮。

特别后来先生随我调入深圳后，"家"的概念日渐淡出。往往我休息了，他还没回；次日清晨又都各自匆匆上班。

虽然，很快和新同事们友情深深的我没有打道回府；虽然，这座雅典的海滨城市的活力召唤着我快乐工作忘却了思恋；虽然，再回首我终于无怨无悔。

但我的初心依旧。

心灵深处总有一个位置为它留着。

2014-07-12 07:43

关于《恋》

我的《恋》文，写了吃田螺的美丽；写了对校园的大树的怀想。那种悠闲、从容的生活也许不绚丽，但安稳、静好；而作为读书的校园，葱茏的绿色是不可或缺的景观，它的生机勃勃的自然美不可取代地衬托着冷峻的教学大楼。

本色的美，值得我们惦记。

我试图以此解读光鲜的、时尚的物质社会的缺憾：快节奏的生活，让我们"家"的概念渐行渐远，虽然，友情或许可以弥漫，"亲情"却难以"浩荡"！

我的小文章不仅仅落脚于"怀念故土"，更多的是表达物质生活丰满之后的淡淡的忧愁、哀伤以及心向往之的怡然和静美。

2014-07-17 21:34

夕阳西下，美丽在天涯

花儿静静开

慧心的人，会从小溪看到浪漫；会在小草中感知阳光；更会用手中的彩笔，在梦想的画布上涂抹静静的小花。

和亲密的学生朋友小艳通话后，我不由写下这些。

小艳是语文科代表，高中毕业，成绩优异的她被保送到华南师范大学中文系读书。她坚定地对我说："老师，我追随您，做一名光荣的人民教师！"

毕业时，她本可到广州一所重点中学任教，在这个华美的省城没有亲戚、没有住所的她决定退居到珠三角一隅。我的在南海师范学校做校长的同学快乐地推荐她到附近的桂华中学。

她开开心心地去报到。她告诉我，并非仅仅因住房问题而离开广州，她不习惯繁华的大城市的喧嚣。

许多人梦寐以求的东西，她挥挥手就作别了！

她曾携我参观她那美丽的小城，指点我看她的绿树掩映的校园，领我走进不远处的教师宿舍楼：二室二厅的房子温馨、宁静。我们还在小城幽雅的咖啡厅喝茶畅想。

那时，那情，那景至今历历在目。

静美的环境成就了美丽。小艳很快拿到南海市教学研究课第一名；佛山地区教学观摩赛一等奖第二名等等。

几年前，我邀她入调教学改革如火如荼的深圳，而她很快便放弃了我给她争取到的宝贵的面试机会。她依旧淡然，她说在南海挺好的，不折腾了。

我的长辫子布娃娃

心无旁骛的她快乐地在那个美丽的小城生活，工作。

连选择爱人，她也是云淡风轻的。文学功底深厚的她的另一半居然没有考取大学，是一个普通打工族。

"我们价值观一致，谈得来。"小艳简明扼要告诉我。

灵魂相拥，这是最最重要的。

我知道他们曾经是邻居。两个年轻人初心不变，心有灵犀、不慌不忙地快乐地编织岁月的锦衣。

今年，小艳任教的文科班学生100%考上本科线；重点本科率翻倍，远远超出校长的要求。要知道，这是一所普通中学，生源质量远低于许多重点名校。名副其实的"低进高出"。

跟随潺潺的小溪，我们找到浩瀚的大海；触摸青青的小草，我们感动原野的苍茫；凝视静静的小花，我们惊觉画笔的神奇！

2014-07-24 18:18

追梦

题记：真正的快乐常常是在憧憬里，在追寻中。

人生，真的很奇妙！曾经以为很奢侈、很遥远的事，今天真的会轻轻松松地来到眼前。

小时候，当看到大院里"交际处"的贵宾楼前高高扯起大银幕时，我和小伙伴们就欢呼雀跃地早早吃罢晚饭，载歌载舞地搬小板凳过来。

每一个看电影的夜晚，星星都特别明亮；晚风都格外清凉！

在那些美丽的时光，小小的我只记得一个浅浅的遗憾、淡淡的忧愁：大约是错过了和《英雄儿女》中的"王成"的扮演者刘世龙以及《战火中的青春》中饰演解放军排长雷振林的庞学勤等明星的见面！至今记得卫国友友兴高采烈地和我分享喜逢明星叔叔、阿姨的光荣和喜悦。

深深地不能忘记，小时候的我们多么喜欢看电影，以至于很多个夜里，躺在床上的我，畅想蚊帐顶上方有一个小小的银幕，我天天可以看着电影快乐地进入梦乡。

如今，儿时的梦想早已成真。电视机在二三十年前已走进千家万户。

　　当昨天的一切不再遥远，我们却淡出幸福、习惯快乐，没有了深切的期盼了！

　　真正的快乐常常是在憧憬里，在追寻中。

2014-10-01 21:38

在捷克街头，听鸽子歌唱

爱在深秋

题记：秋千荡活了秋树，带来了飘逸，注入了清新；让
　　　落叶的隐隐的沉闷飞离画面！涌现春的蓬勃、飞
　　　扬夏的绚丽、展示冬的深沉。

说到秋，我们大都会想见"碧云天、黄叶地"；有多少人会欣喜地看见"明月松间照，清泉石上流"呢？

秋风叶萧萧乃大自然一景矣！

那天，在大芬油画村看到这株似曾相识的秋树，我怦然心动。

它沉静不语，被绿草和稍远处的隐约的树林衬映着，婆娑的大树下是飘飞的落叶。

静谧的态势，让我过目难忘。而它的画框既非金碧辉煌，也非美轮美奂；偏偏就是素面朝天的原木色——纯粹与沉稳的契合天衣无缝。

在万千斑斓的夺目的油画中的这株秋树楚楚动人地让我止步。

小店的女主人快乐地告诉我，这是名画，是其先生临摹的。

"树很美、很细腻，还有浅浅的不为人注意的暗影"我高兴地对她说，"我特别喜欢画框：很本色、不抢眼，却很深刻。"

女主人很高兴地告诉我原画中有女孩儿荡秋千呢。

我高兴得心跳都要加快了！

终于，从她的手机上看到那原画，确实有秋千，但没有女孩儿。

我觉着，就画而言，没有人在

按我的想法，加了秋千和小鸟的秋树

其中，也好。但这绳子似的秋千，细细的有棱有角、方方正正，过于板了；它应该是树藤之类的，圆润、饱满、飘逸自然地与秋树连为一体。

几天过去，我依然惦记着它，于是再度赶赴油画村。

终于见到这位28岁的画家。沉静的他静静地听我阐述画眼，微笑地直接在那幅画上点染。他问我：

"秋千'坐'的部位是木板的吗？"

我毫不犹疑地认定不是木板的，秋千就是树藤的。它应该是类似环状的；不会是那种中规中矩的方形的。

慧心的年轻人飞快地描出树藤的秋千，还按我的意愿把秋树上的黄绿色的叶子延续过来，让它美美地飘拂着。

让我折服的是小伙子说，应该在树上再画几根"藤"，那秋千才更真实可信。

于是，瞬间，秋树上有了缠绵的"藤"。

我又希望有小鸟，他随即在树林深处"点"了两只。我说似乎太

远了；小鸟的头尽可能圆一点儿，这样可爱。

几乎同时，我和画家都认为三只小鸟太热闹了，年轻人随即隐去隐约的那两只。

"呵呵！一只小鸟，一个秋千，一株树"，我快乐地欢呼。

秋千荡活了秋树，带来了飘逸，注入了清新；让落叶的隐隐的沉闷飞离画面！涌现春的蓬勃、飞扬夏的绚丽、展示冬的深沉。

由画及人，多姿多彩的生活出神入化；常常，下一站，带来的是曼妙的惊喜！

推介：

28岁的画家王峰，河南乡村长大。自小学习优异，因家贫，18岁毅然辍学奔赴深圳，边打工边学习。10年之后开办"深圳市维纳油画社"。深怀感恩的他常常慷慨帮助那些像自己当年那样刻苦求学的人。

他的画室地址：深圳、大芬油画村芬丽一巷9号二楼。

电话：0755-84268976

他的网址：www.szvina.com

2014-10-16 09:21

为信仰而生者万岁

题记：我认为，宗教是一种信仰，党派也是其中；而
有信仰者千千万，能够灵魂与信仰共舞者，人
间几许？

今天是李大钊诞辰日。恰巧我正想写点什么。

电视剧《北平无战事》长达50多集，我因故断断续续只看了不到20集吧？当然无资格去评论它。我谨想谈谈它给我的启示和力量。

《北平无战事》反映的是1948年，国共两党决战生死的史实。中共北平地下党与国民党在北平的各派势力之间的斗智斗勇。

历史真的是一面镜子。最终，国民党之所以不得不栖身台北，除了战略战术方面的原因，内部的混乱、腐败是根源。

陈宝国饰演的国民党党通局局长徐铁英是活灵活现的败类。他可以在"南京特种军事刑事法庭"为中共地下党员方孟敖排除险情；又可以心狠手辣地加害方孟敖；还可以挖空心思逮捕知道他贪腐罪行的国民党北平民政局局长马汉山。所有的所有，只为敛财、自保！虽然他口若悬河、咄咄逼人，但我们深深知道，他不过是一只小小的苍蝇罢了。

丰子恺先生有"三层楼"的观点：第一层是物质生活，即衣食住行的满足；第二层是精神生活，对学术和文艺的追求；第三层是灵魂生活，如宗教信仰等等。无疑，第一层是凡俗的需求，第三层是最可称道而能信奉坚守者寥寥的。我越来越认同精神大于物质，对超越凡尘的灵魂信仰者，我顶礼膜拜。

我认为，宗教是一种信仰，党派也是其中；而有信仰者千千万，能够灵魂与信仰共舞者，人间几许？

李叔同，如雷贯耳者也！

"无尽奇珍供世眼，一轮圆月耀天心"。

《北平无战事》展现了一个个为信仰而生者的光辉形象：既有学者，更有武官将士。

有一个镜头是异乎寻常的。

国民党少将督察曾可达在南苑机场和中共地下党员、国民党空军大队队长方孟敖的对话。

方孟敖再次毫不畏缩地回答曾可达，说自己就是共产党员——掷地有声地再现在南京特种军事刑事法庭那一幕。

当初，踌躇满志的曾督察的确是要矢志查明真相，"为党国铲除内奸"。

当此时此刻，铁血男儿方孟敖转身昂首向前时，万念俱灰的曾少将拔出手枪——没有对准他的党派对立者，而是把枪口对准自己……

这一幕，永远震撼我的心灵！

因为，这两个人，都各自为自己的信仰而生。他们没有个人争斗，没有私欲，没有猥琐。

他们只是对手。

曾可达忠心耿耿追随蒋经国，无私无畏地支持币制改革……最终，正如方孟敖回答曾可达的问——

"他（蒋经国）只是孝子。"

"只是"——圈定了名词"孝子"，为了做孝子，他牺牲了抱负，甚至自己的爱情——这是题外话了。正欲大展拳脚，试图力挽狂澜，却不得不鸣锣收兵。

曾可达怎不万念俱灰？

理想之花凋谢了。结局是悲壮的，国民党的忠臣在对手面前自裁以殉自己为之奋斗的信仰。

倪大红饰演中共地下党员、国民党北平分行襄理谢培东也是怀揣正义，殊死守望！深爱的妻子牺牲了，天真美丽的女儿也没了，他还得装作若无其事那样继续自己的角色；甚至北平解放，也还要戴着面具示人。为了理想，他无言孤独地战斗。

今天，不能不想起：当年38岁的年轻的李大钊从容登上绞刑架，怎样的义薄云天、壮志凌云？

是的，历史是人民创造的。面对成千上万前仆后继为信仰而生者的奋斗——

我汗颜，我励志。

2014-10-29 16:28

梦想起航

　　光影百变的深圳群艺馆小舞台的大幕徐徐拉开，一群蓝裙白衣的民国女学生在深情悠扬的《送别》歌曲里翩翩起舞。

　　这个夜晚的这个舞台，属于深圳第二实验学校的高三学生。今晚，传媒班的同学们将在这里演绎他们改编的老舍先生的话剧《四世同堂》。

　　表演超出了我的想象。

　　这些年，我们看得比较多的是声情并茂的歌唱以及鼓乐喧天的舞蹈这一类的表演。

　　话剧，少。

　　同学们饰演的角色惟妙惟肖。年龄跨度大：有古稀老人祁老爷，也有小儿郎虎子、妞妞；正反角色又有热血青年小崔和狗仗人势的汉奸蓝东阳；还有气势汹汹的日本强盗李文山；更有在压抑下隐忍与奋起反抗的小羊圈胡同的民众。

　　原本三小时的话剧，现在用一个半小时完成，主题不变，但人物线索有所偏离：没有以祁家几代人为主；而是铺展特定时空下的小胡同的几家人的命运来浓缩一个社会，深刻揭示"国破家亡"的主题。

　　话剧是一门综合艺术。舞台人物形象是直观的活生生的艺术形象，它诉诸观众的直接视听。所以，话剧的观众是被全身心调动起来的：演员的一言一行甚至小小的细节都牵动观众。演员根据生活逻辑与自己的想象，对角色进行诠释、演绎，就理所当然地受到观众的"检验"。观众的任何反应都影响着演员，实际上，反馈作用表明了观众参加了创造。

于是，同学们上演话剧，不仅表演者身临其境，在语言、动作等等方面得到出神入化的淬炼，并且生动深入地影响、带动着其他观摩的同学一同进入角色，互相渗透、成长。

这样的学习犹如春风化雨。实践艺术于传媒班的学生来说，尤为宝贵。

字正腔圆的对话，恰如其分的舞台行为，堂而皇之的舞美、音响、灯光设计，令我感叹。

我相信，有此经历的"二实"的学生们，无论台前幕后，都会刻骨铭心地上了一课。不仅是学术上的提高，还有思想上的升华。

观摩表演后的次日，我与第二实验学校的赵立校长通话——感谢他的邀请，我得以看到同学们精彩纷呈的节目。我特别欣赏"台风"和"场风"。台上台下文明优雅——没有狂热的喝彩，更没有声嘶力竭的鼓噪。

校风的建设可以从教室、操场、舞台中一叶知秋。

话剧的开场舞，诗意地注脚着时代背景，那些久违的民国女生的袅娜的衣裙轻舞飞扬，和这个华丽的城市的许多光怪陆离的炫耀形成反差。尽管，小荷才露尖尖角的第二实验学校的同学们的舞姿还称不上是最美的，但舞台上下的谦和、沉静、自尊、自爱深深地感染了我。

对改编后的主线的迁移，严谨治学的赵校长说，曾经打算让语文教师在现场作一个点评，后因时间关系搁置了。我认为：改日在

课堂上点评、讨论，效果更出彩。因为评论的时间会很从容，参与度将更大……

这样的学习是不是很直观、很新鲜、很深刻、很难忘呢？

青春美，美在梦想。由衷欢呼风华正茂的同学们在老师的导引下，怀揣抱负，一步一个脚印地登攀！第二实验学校传媒班是去年四月成立的，六个月之后，便汇报演出了话剧《永远的格桑梅朵》，时隔一年，又再现了老舍先生的名作《四世同堂》。

梦想，起航了！

2014-11-05 08:07

编后：2016年春天，赵立校长接替占宝校长履任深圳中学校长。

二弟

题记：昨天，二弟夫妇陪他的亲家到香港了。今晨，我
　　　一气呵成此文。未经其同意，更未被他审阅。我
　　　有点惴惴不安，但我还是写了。因为，憨憨的二
　　　弟有一种高贵的品格鼓舞着我。

出国多年的二弟这次举家回国，连同他的美国亲家。20日晚，在侄子的婚宴上，二弟发表了朴实、深情的演讲：祝福儿子、儿媳相亲相爱；也希冀年轻人永远不忘中国心。

那一刻，我就想，要写写二弟。

二弟是我们兄弟姊妹中唯一拥有双博士学位的人。"文革"后恢复高考的头年，学业优异的他没有任何悬念地考取了中山大学。在大学里，他依然是班长。他也是"文革"后第一批研究生之一。记得考研前他的学习笔记本不翼而飞，别人都为他着急，憨憨的他只轻松地笑笑！依然毫无争议地考取了研究生，稳打稳扎地获得了博士学位。

前前后后，他放弃了到中科院工作的机会；扔了国家公务员的铁饭碗，转战海外继续深造。

我清楚记得他出国前正值"六四"之后，他的导师推荐他到美

国，但种种原因，未能成行！最终取道瑞典。临行前，他对我说：

"姐姐，科学是没有国界的。您放心，我若学有所成，一定报效祖国。"

他做到了。

他在瑞典再次取得博士学位后转而被美国哈佛大学录用。其时，他推介卓有业绩的哈佛同仁回到祖国；他把自己的研究成果送回深圳。

我的二弟，是说一不二的忠孝、实诚的男子汉。

二弟读中学时，我已经是当年母校的最年轻的教师了。有一次校团委书记找他谈话，大意是：你是团支部书记，要又红又专，要向黄帅（当年率先向老师开炮的全国模范学生）学习，写大字报之类。二弟淡淡地说："我的老师没有什么要我去批评的。"他始终没写大字报。

高中毕业那年，小小的优秀的二弟被下乡的洪流冲到韶关市的近郊务农。我非常心疼他，他却依然大大咧咧地少年不知愁滋味！还快乐地问我：

"姐，我是不是很黑很土啊？大院的值班员拦着我不让进门，因为我挑着几个柚子，拿着一把您喜欢吃的辣椒叶。"

……

不过很快地，二弟被挑选到大队当教师，一个人教几个年级几个科目，还要敲钟。言谈中我得知学校的设备非常差。我还清楚记得，我曾毅然决然拿了一盒粉笔给二弟，当时自己很羞愧，但义不容辞，因为我的二弟对这盒彩色的粉笔如获至宝般地开心。在今天，是否可以把这盒粉笔叫做"扶贫"呢？

我只知道，城里的学生和老师并不怎么珍惜它的。有些调皮学生还拿粉笔头"开战"。

据说有回，二弟在大街上骑自行车也不知违了什么规，车被扣了。恰巧村里人上街看到此情此景，淳朴的老乡们哇哇地叫着跑到治安队员前说：

"不能抓他！他是好人。"

……

二弟绝对是好人啊！他上大学时，曾经在广州车站把10元钱送给乞讨的人。那些年，对普遍拿几十元工资的老百姓而言，10元是什么概念啊！

我还记得，他曾帮助患病的农民到城里的医院就医等等。

我可爱的二弟，这位当年的"韶关市优秀知青标兵"在若干年之后的海外，也被弟媳用埋怨的口吻表扬过，说他是雷锋式的留学生的学生会主席。他常不辞辛劳给回国的朋友送机接机，他们家常常成为朋友聚会的地点等等。我想起中学时数理成绩杰出的他也会喜欢看文史知识，他那手漂亮的钢笔字博得当时来学校蹲点的地区教育局教编组组长的称赞。还记得二弟常常高声朗诵什么"君子坦荡荡，小人长戚戚"、"千金散尽还复来"之类，高高大大的他特别豪气，从来就是什么都无所谓。只有一条，他规定儿子在家一定得说中国话；这回，儿子结婚娶媳妇他也在台上调侃着要儿媳学中国话。

2009年母校的校庆史册上，二弟是"优秀校友"。我也是那时才详细了解到成为华盛顿某研究机构的资深科学家的二弟早已多次参加国际学术会议，早已在享誉全球的《自然》等杂志发表论文了。

啊！掌声，为二弟响起……

2014-12-27 17:12

腹有诗书气自华

一个学校，开办仅两年，就陆续携带了两所幼儿园、一所小学，形成"一条龙"活泼成长的态势，在其区域引起了强烈反响。科学文化的确带旺了楼盘，盘活了经济。

这个学校是"深圳中学龙岗初中部"。

日前，我应邀参加了这只犹如展翅飞翔的雏鹰的学校的"共同体"联欢会。

小小朋友（幼儿园小孩儿）和小朋友（小学生）的天真、可爱，以及大朋友（中学生）举手投足的温文尔雅让我们的心和眼前的一切柔和着、美丽着。

如果不是罗国亮校长提示，我已经忘却"深中龙初"百分之六十多的学生是农民工的子弟。学习和指引就这样飞速地实现着：美丽成真！

走出欢歌笑语的礼堂，抬头望见教学大楼一楼那行瞩目的诗句：

"腹有诗书气自华。"

这就是答案。

赢得"气自华"——不仅仅靠课堂知识的积累，也需要无数细碎的、排山倒海般的铺垫。因为气质和风度，潜移默化方能点石成金。

就如走进庄严肃穆的艺术殿堂，再粗俗的人也会不由自主地放慢脚步、屏气息声一样——环境可以陶冶情操。

　　让所有踏进校门的人映入眼帘的是一个巨大的电子屏幕，它自动滚放着师生们的学习、活动和工作情景。它让人情不自禁萌生家园情怀；而让所有人眼前一亮并被深深吸引的是"小苹果"的集体舞。深圳中学龙岗初中利用这首风行歌曲创作了朝气蓬勃的"小苹果舞"，传神地感染着每一个人。当大屏幕上教学楼的每一层、每一间教室门口的学生同时欢快舞蹈时，那种壮观的画面带给我们的震撼是难以言传的。

　　这种因势利导的鲜明生动的教学指引实在是事半功倍、难以量化的呀！小罗校长一再告诉我，有时，他会牺牲一节课来赢取更大的胜利。做教育，就要有"磨刀不误砍柴工"的胸襟、气度。

　　而用心做教育，就可以处处在细微中见精神。在教学楼的二楼，我见到别致的"走廊图书角"，书架是球状的，美不胜收。

　　四周还有励志的"照片墙"和美丽的"风景壁"等等，真是匠心独运。而老师们的工作室，更有一种"家"的味道：自个选定的美美照集中展示，一览无遗；别出心裁的美诗美句装点、更激励着共处一室者。学校还给老师们创建了温馨舒适的咖啡屋、阅览室……温柔的关怀形成美丽的向心力，春风化雨育栋梁。

　　我想起晚会中一位年轻男教师潇洒的舞步显示出的深厚的舞蹈功底。这位气宇轩昂的年轻人供职于"共同体"的一所幼儿园，他毕业于广州大学；我的年轻的朋友——电脑教师郑娟则是来自北师大的优秀硕士毕业生……

　　当工作成为一种享受，当理想成为一种坚实的行动时，梦想成真就不再是神话了。

2015-01-05 21:31

阶梯

竹叶青青

　　在微博上看到关于黑与白的议论，对黑与白有三个层次的认识，
分别是：

　　1. 无黑白

　　2. 黑白分明

　　3. 黑白起于心。

　　我想，这三个层次，可以是三个阶梯，渐次升华。

　　"无黑白"的阶梯，该是涉世之初懵懂无知的年华吧？茫茫然真的很无知，但也很可爱。这就是人到了一定年龄总会怀想这个纯真年代的缘故啊！

及至"黑白分明"时，理想的翅膀已经张开，知道"黑"；明白"白"——黑白分明，是非了了！立场坚定更兼咄咄逼人。

全然无知的"无黑白"和锋芒毕露的"黑白分明"算得上是两个极端了。

第三级阶梯是"黑白起于心"。这就是说，是非由"心"判断。是非是客观的。对于万象，需要理念去甄别。而"世无黑白，黑白起于心"的境界，已经出神入化、炉火纯青了。信仰了然于心，是非已经可以由理智与感情游刃有余地掌控了。一颦一笑，尽在不言中。这是成熟。

我因而想，人生在世，莫要愚笨的傻；更排斥张狂的恶！我们需要的是大雪压顶不弯腰的坚毅；在乱象中的拈花一笑。

2015-02-10 18:30

下一站，遇见最美的自己

我喜欢的蓝色碎花旗袍

写下这个诗意的文题，送给一位女孩。

在我离开满目青葱的万科第五园前，她羞涩然而坚定地告诉我，她喜欢上一个人，因而爱上这座城。虽然他们目前彼此都没有能力买房。

我很感动。

她说买了我的书，看了我的博文，听了我的故事，因而有勇气谢绝了父母喜欢的故乡的那位有点小钱的同学，嫁给他将衣食无忧。

我沉静地说：选择爱，无疑是幸福的；但真爱也是需要时间打磨的。纸上的爱和生活中的爱不能等同。有句话："若要他们不再爱，就请他们结婚吧！"

确实，浪漫的爱被婚姻弄得满目疮痍绝不是天方夜谭。生活是琐碎的，柴米油盐和繁杂的人际关系缠绕在一起；"一日不见如隔三秋"变成朝夕相处的厮守后，累积的小事遭碰撞、各自的缺点被察觉——诗意也禁不住凡俗了。

女孩儿欲言又止。

我鼓励她说出心里话：

"是的，是的，老师您说过，当做出决定时，认真想清楚对方的缺点。"

我笑了。

爱是生命的懂得。

有位学者说，一样东西，如果你太想要，就会把它看得很大，甚至成了全世界。

包容，需要爱。

没有了面包，爱情如何继续？

有了大厦，又怎么让美丽永不褪色？

说到底，幸福在于生命的单纯和灵魂的丰富。

拥有深切的"懂得"，拥有不懈的奋斗；下一站，一定能够遇见最美的自己。

2015-04-17 17:00

是我们自己丢失了这个世界

在新浪微博看到洛阳一位心外科医生足足做了23个小时的手术,累得瘫倒在地。

我一直相信肩负救死扶伤天职的广大医护工作者是有崇高的职业操守的,我也耳闻目睹许多感人事例;然而医患双方的纠纷依然不断升级,甚至有医生护士无辜被害的骇人听闻的事件发生。

将救治我们生命的人置于对立面,是自己和自己过不去。

纵观天下,难道不是我们自己丢失了这个世界吗?

几天前的一个晚上,我到楼台花园劝阻那两队开喇叭唱歌跳舞的大妈,还有一位大爸。大妈们静下来听我讲道理。我希望大家到一路之隔的公园去活动。但其中一位彪形大汉般的老太太叉着腰,指手画脚朝我吼道:

"你也会老!你光让我们体谅你们年轻人,你就不体谅我们!"

看着她那金灿灿的大耳环和明晃晃的大戒指,我不由笑出声来:

"我也老了。我也喜欢跳舞,但怕影响别人;我们岂能倚老卖老?"

势单力薄的我终不敌这群人中的三几个张牙舞爪者。

每天晚上的孩子们读书学习的黄金时段,美丽的花园依然笙歌艳舞地不消停。管理处方面也一筹莫展。年轻的主任助理告诉我,他们看见有人把绳子拴到树上晾晒衣被，很头疼！因为制止不了。

我微信群的学生们对此进行口诛笔伐。他们给我信心和勇气，他们说要向老师学习，说此种情况屡见不鲜：敢怒不敢言的人多，挺身而出的人少。

我觉得，很多人是懒得管、不想管、不愿管。

当我们一个劲地埋怨世风日下时，我们自己是否轻易地闯红灯呢？

当我们生气地咒骂卖假货的人黑心肠时，我们是否自私地我行我素呢？

当我们义愤填膺地控诉"文革"的滔天罪行时，我们有没有"当面是朋友，背后下毒手"呢？

如果多几个人站出来批评指责不文明行为，事情的结局又会是什么呢？我今天对管理处的人说，成立"业主委员会"吧！用集体的力量约束不文明的东西。

静静想想：国人此种自私心态、粗野行为，松松散散的一群，怎么强国？

只是，当某些时候，触发了哪条神经，就大谈信仰了！

连做人做事都荒唐，奢谈什么信仰？

是我们自己丢失了那个纯净的世界，却心心念念那个高洁的社会离我们远去。

2015-04-23 15:05

蝴蝶梦

理想在这里闪耀
——为《占宝话树人·创刊号》而序

王校长2015年的新书

　　王占宝校长　教育社会学博士，深圳中学校长，深圳科学高中创校校长，万科梅沙书院首任院长，中国创新人才教育研究会副会长，中国教育学会高中教育专业委员会副理事长，国培计划首届名校长领航班导师，南京师范大学硕士研究生导师，享受国务院特殊津贴专家。

　　获邀为《占宝话树人》创刊号作序，很高兴。

　　和占宝校长戏剧化的初次见面是在三年前的晚秋时节。当时，我的尘埃落定的第二本小文集《生命中的美丽相遇》还需要一些师长朋友的资料照片，《深圳商报》广琳记者友情出任拍摄人。

　　此前，因了老校情怀，我会偶上深中网页浏览。后来才快乐地知晓：我的母校广东北江中学和深圳中学的前身都与国民党张发奎将军有渊源；再后来（大约是半年多之后），我在新浪网无意中搜到占宝校长在深圳中学的亮相讲稿《执两用中，创造未来》，读罢深为感动！我觉得王校长特别地不容易；他知道他前面的路很艰辛，但他义无反顾。

我开始关注深中网。我认真思索了王铮校长、王占宝校长的超前的教育思想和理念，一气呵成写下博文《深圳中学举行"先锋中学生圆桌会议"及其他》放置我的新浪专属空间的"友情推介"里，得到网友们和众多深中老师、学生的认同。又过了一段时期，我发现了深中网页中的专栏《凤凰木下话树人》，收集了占宝校长的重要讲话稿、活动照片及其推荐的师生作品等。

这是一位紧跟时代，胸有朝阳的名声赫赫的优秀中学校长。

因此，当今年春，王校长的"占宝话树人"在新浪微博以及腾讯微信上线，我认为乃顺理成章之事。

和我们普通人的微博不同的是，"占宝话树人"的定位很高。

首先，它有一个"树人"的核心、重点；开宗明义"一位中学校长邀你同游，在现实与理想之间，欣赏教育的力量和美丽；你将会发现，每一个人都可以是作品，每一天都可以是作品"。

其次，在"树人"的总纲下，精心设置了若干"四字栏目"，如"深度观察"、"海外寻珍"、"咂摸思维"、"美林漫步"等。这些栏目及其文章分别安排在每周的固定日、固定时上线——这个知识广博、思想深邃、多彩多姿、美轮美奂的自媒体平台每天每天地向我们、向世界传播着它的思想、它的思维、它的视野、它的美丽，忠实地履行它的"树人"职责。

今年暑假前，"占宝话树人"推出"美思你"微信服务台，指导学生学习；及至8月31日，它从"占宝话树人"独立出去，另设

专线了。它的独立也是情理之中的，因为它是"树人"而非"话树人"。可见，王校长对其公众号的设定的原则是条分缕析、明明白白、没有半点含糊的。只是出于教育工作者的智慧和胸怀，占宝校长为孩子们另辟了一方丰饶的学习园地；为老师们搭建了一个实践新天地的舞台。

我饶有兴趣地看过"美思你"的语文题，它生动、真切、饱含智慧。比如那幅粘满油漆、烟头满地的画的画眼是"思索"；而学生们的答题习作的灵动跃然纸上。

我由此领略了矢志不渝实践自己的教育理想的王校长开微博、微信的良苦用心。

向朋友们荐写的第三个问题是"占宝话树人"的两尊瑰宝：
学科思维与审美。

无论在"话树人"还是"美思你"的公众号里的转载的诗文、撰写的习作以及设立的质疑、公开的解惑等等，它们（学科思维与审美）的位置都是显而易见、熠熠发光的。

为了论证自己的观点，我查找到"凤凰木下话树人"里王校长的2008年的一篇讲稿。

文章阐述了学科思维对某一学科的本质的认识和指导意义。这个发言有一个非常形象的比喻：

如果把某一学科看作一棵大树，那么，学科的思想如同树根和主干；学科的思维方式就像树枝；而学科的许许多多的知识点则犹如一片一片的树叶。我们常常从树叶（知识点）去认识树，但如果仅仅收集树叶，是远远不够的！应通过树根、树干去理解树叶；通过枝干去连接树叶。

把握总纲，以科学的思维连接知识点——这样的学习才是高屋建瓴、有条有理的。

这就是学科思维的神来之笔！回想自己的教学，真的没有如此清晰地从理论上去确立过；当然就无从如此有意识、完美地实践自己的每一堂课了。这不能不说是一个遗憾，因为传统的教学无形中让学生带走的常常只是"一袋树叶"。

瑰宝之二是：审美教育。

不久前，一个全国性的"教师美育研修会"在深圳中学举行，东道主兼主导人的占宝校长认为，美育就像太阳一样，高高在上让人不可触摸，但却无处不在！他呼吁：让美真正走向课堂、走向教学、走向老师。王校长认为，真正的教育不仅要让受教育者知道世界是什么样子的；还要知道怎样让世界更美好。

在王校长的微博里，"美林漫步"是我最喜欢的栏目，它充盈着文学艺术之美。而在"美思你"正式起航而新近发布的苏霍姆林斯基的文章里一段关于美的定义，让我们过目难忘。

早在2011年，深圳中学就在占宝校长引领下成立了思维研究所和美育研究所；而今年3月29日，深中《学科思维与审美》课题组在美丽的大鹏东涌召开成立大会。王校长发表了"课堂决定未来，思维和审美决定课堂"的讲话；日前，又在深圳中学初中部举行了《学科思维与审美》课题组第三次会议。王校长以"在互联网时代，教师应紧跟时代的步伐"为主题，作了重要讲话——号召教师学习新知，改变传统教学的陈旧模式和观念，尝试运用移动教学给学生以丰富、专业、有价值的学科精华。会议主要内容是"美思你"微信平台的建设；还有导学案、研讨课等常规研究工作的开展和改进以及微课制作讲座等。

可以这样说，王校长一马当先，开设新浪网微博公众号"占宝话

友情纪念。
王铮校长（右）；赵立校长（左）

树人"，践行壮丽的理想；深中教师紧随其后，在"美思你"的微信平台上播种"导学"，开启"美思"，回应"我问"——引领学生科学地、快乐地深度学习。

网络的神奇不可估量，而借助非凡的网络，构筑理想的大厦更让我们心驰神往！试想，让"学科思维与审美"走向教师、贯穿到每节课、每个练习上——

我们的教育，该是一个何等瑰丽的世界啊！

力行近乎仁。太阳每天都是新的，而锲而不舍、一点一滴雕琢宏图伟略的人，让我们肃然起敬。

2014.9.19

2015-06-24 20:46

编后：王铮校长工作单位为北大附中。

为有牺牲多壮志

今天是七月七日，不会忘记。

纵观历史，无数先辈为了理想前仆后继。

很小的时候，胆怯的我就被书籍中、荧屏上的慷慨捐躯的志士仁人所震撼。而正是这些把生命置之度外，无畏前行的先驱鼓舞我在求学的路上一往无前；激励我在工作中义无反顾。

正能量源源不绝！"读英雄、学英雄、做英雄"一直牢不可破地占据我的心灵。

每当遇到困难和挫折，想起英雄们，我就充满力量。那么多年，我都喜欢看这些励志的故事，尤其在茫茫黑夜。

日前，看了电视剧《黎明前的抉择》。且不说它的情节是否全都经得起推敲，只讲主人公的壮志凌云。卧底于国民党军情局的共产党人左少卿的飒爽英姿、智勇双全、亭亭玉立、纯粹坚贞使我佩服不已，我心目中的英雄就是这样内外兼修、美丽与智慧并存的。

今天，这个世界有点乱，我们能够坚持做自己而岿然不动，真的需要一种信仰。

我准备好了。

2015-07-07 11:53

"化妆"引发的思考

窗台上的小鸭子嘎嘎地叫……

占宝校长对台湾作家林清玄的《生命的化妆》有这么一句精彩点评:

最美的化妆是让生命回复最初的纯粹和静美。

我非常赞同。

我想:这就是回归本真,自然而然。

浓妆艳抹,是表面的功夫——如此化妆、如此写文都会给人以虚假和掩饰的感觉。倘若化妆扭曲个性,又失去五官的协调,就更拙劣了!最高层次的化妆是"无妆"——自然、真切。换言之,三流的文章只注重形式,只考虑填补词句;二流的文章则会让思想渗透到精神内核;一流的文章才是对生命的化妆,它是作者思想感情的自然流露:不堆砌华丽的词句、没有精心的铺排,读者并无读文章的意识;

只有"读生命"的感觉。

所以，在衣裙上，我也向往一种不喧嚣的味道。

我喜欢立领、旗袍造型类的沉静。在这样一个背景下衍生出内敛和轻盈的风情。无论色泽如何鲜丽或静默，不张狂和不轻佻的轻舞飞扬淡然地游走在婀娜的曼妙中。

常常有人问我：您的衣裙是哪个牌子的？

我不在乎品牌，而我的衣裙大多是自己设计后请小店的裁缝师傅飞针走线成就美丽的，它们得到许多人的喜欢和推崇。有的网友甚至请求出资让我帮忙设计裙子。

无论化妆、撰文还是剪裁衣衫，那种优异的出类拔萃的回到初心的简约、静美，才配得上伟岸的"生命"。

2015-08-27 15:01

玫瑰情

Rose

　　娇艳的玫瑰借喻爱情，更囊括友情和亲情，年年岁岁绽放着不老的芬芳。

玻璃纽扣

我喜欢徜徉于小商品广场。那些精美的小东西常常让我叹为观止。

很多年前的一个夜里，那位和我同样年轻、住在我隔壁的、但已结婚生女的韩老师招呼我到她的房间，拿出一个小盒子时——我快乐地惊呼起来！哎呀，那些熠熠发光的玻璃纽扣静静地躺在那里，长方形的、椭圆形的、杏仁形的……美美地不说话。

仿佛早料到我会兴高采烈似的，韩老师笃定地把这些宝贝一枚一枚地排列在桌子上，快活地听着我的大呼小叫，她因肾病而略显浮肿的苍白的脸上放着异彩，我分明记得在昏黄的灯光下她的脸绯红起来。

几十年过去了，至今我还记得她呵呵笑着的样子。她说：

"就知道你会喜欢这些美丽的东西，送给你。"

"真的吗？"我惊喜得跳起来，"我太喜欢它们了啊！"

……

那些个如同白开水一样的年代，这些千姿百态的小扣子，就是诗歌、就是音乐、就是图画啊！

大约，韩老师给我的记忆就是这些了。因为我们共事时间很短，认识她时我才刚刚走上工作岗位。她很快调离粤北，到省城与朝思暮想的先生聚合了。记得她的先生姓李，他们是大学同学。之后，我出差广州到石牌去找过她一回。再后来，惊悉她自杀！传说的原因很荒唐：是说别人喜欢的东西，她就慷慨送之；以致她和先生感情大打折扣。

会吗？善良的韩老师就因为这样消失了不成？！我大惑不已。

那个荒唐的年代，总有百思不解的问题。

当我不再年轻的时候，仔细回忆过往琐事，不由痛惜善良简单的她其实幸福的生活时间并不长。先是身居高位的父亲在其母亲病逝后娶了继母，记得她和我说过她和弟弟都不喜欢她。而送我玻璃纽扣的时光应该是她最甜美的日子了吧？那时她和先生分离着却幸福着。还记得她说喜欢我的单纯、安静，曾想撮合我和她弟弟结合。

人生虽然短暂，但生活总有坎坷；重要的是，再难，我们也应走过呀！

2012-02-03 17:55

重逢

熊猫宝宝

　　秋雁的父亲原在粤北马坝炮兵部队任职。记得那一年，可爱的正读中学的她随转业的父母亲回东北哈尔滨了。记忆中，秋雁是军干子女中最温文尔雅的。对于她的远离，风华正茂的我也很不舍。

　　这次见面，我们约定上午10时左右在沙头角中学前见面。

　　我正踌躇着：毕竟，几十年未见，我们真的能彼此一下就认出对方吗？

　　呵呵！真的是这样哦——我刚拉上车门，转身就看见有人远远迎着我呼叫：

　　"李老师，李老师！"

　　我迟疑片刻，也迎上去说：

　　"秋雁，你好。"

　　我不相信她说的"老师没变"的话。

　　因为，我分明看见：眼前的秋雁，不是几十年前那个婀娜多姿的美少女了。岁月已经在她的身上、脸上留下痕迹了。也许，东北的风雪比南方的风雨来得更猛烈些吧！

　　"老师过去是两条长辫子。老师送我的相册我保留着呢。"

如花的往事历历在目。

回到东北的秋雁寄给我当年穿黑布鞋的最爱——白袜子，我则给她捎去自己精心挑选的那个年代最时髦的有洋娃娃头像的袖珍相册；而让我永远记在心头的是，当我大病一场时，远在千里的她请同学带给我两大玻璃瓶的东北中药糖浆。

真情，永远!

2012-02-15 16:36

云端上，想起那年"空中惊魂"

　　昨天上午冒雨飞杭州。赶往机场的路上知悉九点深圳有雷暴，心有戚戚！果然，登机时，雨点飞溅。在飞机默默坐了四五十分钟，飞机开始迎风冒雨滑行，机舱里一片寂静。终于，飞机呼啸着腾空而起，摇摇摆摆！我的心提起来了。十多年前飞赴黄山的情景又回到了眼前：

　　那年高考结束，年级同事鼓动我向校长请求到黄山走走。并不想爬山的我半开玩笑和领导说了说。不想，两天后我们接到飞黄山的消息。我暗暗叫苦！无意中翻到老黄历说"不宜出行"，更是惴惴不安。信守诺言，我对同事们笑说"舍命陪君子"和大家笑着上了那架小飞机。

　　屋漏又逢雨大，本来就怕坐飞机的我上机后接过空姐发的报纸，差点晕过去！一行大标题映入眼帘：

　　"壮士一去不复返！"

　　天哪！

　　……

　　那天，空中气流大，飞机不时摇摆，上上下下，有时甚至杯子都跳起来了，我们紧张得面面相觑。

　　好友莉莉不知是安慰我还是给自己打气道：

"别怕！飞上来了呢。关键是起飞和下降那一刻。"

我假装镇定稳住要跳的杯子，笑着喝茶……

天无绝人之路！

飞机摇摇摆摆终于飞抵目的地。一下飞机，莉莉开心对我说：

"吉人自有天相，我们平安了！"

……

"杭州到了！"机舱里一片欢腾。

2012-04-21 22:18

幸福就是听到花开的声音

我听到小草歌唱

谨 以 此 文 献 给 "六一" 儿童节，献给 孩子。

孩子是花。

在孩子咿呀学语，最稚嫩、最需要庇护时，能用我们的羽翼去呵护、抑或成就他们的小小愿望，是幸福。

儿子两三岁时，上的是在校园一隅的学校教职员工子弟的托儿所，很简陋。主要我们太忙，没法送他到正规幼儿园。

只要看到来往的老师，小小的儿子便攀着栅栏急切地问：

"阿姨、叔叔，看到我妈妈了吗？"

当同事们把儿子的期盼告诉我时，我百味交集。但繁忙的工作很快又把思念孩子的情感压下去了。

儿子最喜欢孙悟空了！那些年，动画片《西游记》还不常看到，儿子把小小的擀面棍当做他视作宝物的千钧棒。粤北山城没有动物园，他的感性的知识都来自连环画，每每感冒发烧生病打针时，我都会用启发式分散他的注意力：

"欢欢，看！那是大象的长鼻子。"我指着病房上方的巨大的弯曲的输气管说。

儿子马上忘记疼痛，睁大眼睛，望着"大象"。

等到他读小学三四年级的时候，我带优秀学生干部到广州举行夏令营时，特地为随我到穗的儿子安排了到动物园活动的时间。可是儿子对大象已经唤不起高涨的热情了！

能听到花开的声音，是最幸福的；错过了，就错过了。

2012-06-01 16:20

云中谁寄锦书来

美丽的七夕转瞬而至。

现代人把古人的这个"乞巧节"称之为"情人节"。人们迎接诗意的它的形式是多彩的、快捷的，或者说是昂贵的。

我特别依恋"红笺小字，诉尽平生意"的传递情意的方式。无论爱情、还是友情和亲情，书信是寄托情感的最美的驿站。

等待，真的很美。

1996年，我来到如火如荼的深圳。昔日的同事、朋友以及学生的"锦书"翩翩飞来。每天放学，走到校门口的收发室前看到召唤收信人的小黑板上的我的名字，我就像过节一样开心。快乐地拆开信封：

那亲切的问候，演绎着一曲曲动听的歌曲，敲打着美妙的心弦。

恋人们一日不见，如隔三秋；而朋友们多时未谋面，思念的情愫通过锦书迅速传递。

亲情，同样因它而温馨：

那年的新年，还在粤北读高中的儿子寄给我一张贺卡，我清楚记得那画面是美丽的长辫子的女孩儿和一只可爱的小花猫。儿子用我的名字构成巧妙的排比句式的新年问候让我记忆犹新！先生的贺卡则是我喜欢的玫瑰。

表达爱意的书信，年轻时的确收获无数。这些珍贵的情感虽然因岁月的流逝而尘封；但对于真爱，我们当永远心存感念。

特别不能忘记的应该是：不能回应，或者不得不礼貌回应的若干"锦书"。

这些表达美好情感的书信早已不复存在，但，毕竟，爱是不能忘记的！对纯真的、不伤害别人的爱，我永远报以深切的感恩。

谨此，我向爱我的朋友深深致谢！虽然，我的回复晚了些。

我在这里特别提到一位旧日的朋友。我想，大概不会有人知道他是谁了。因为很多年前他已离开我的母校。他是不为人注意的非常敦厚的说话腼腆并脸红的人。

那年暑假，家在广州的张老师给我带回两张编织精巧的竹窗帘，她嘱我用光漆涂抹一下，并帮我请来了勤快、务实的他帮忙。他细心地帮我把加工过的美丽窗帘悬挂好。非常过意不去的我只请他喝了一杯茶。

几天后，我的小房间的门缝里塞进他写的厚达几页纸的传情达爱的信。我读后便匆忙将之烧毁了。午后，援朝老师神神秘秘跑来问我：

"雪明，收到我塞进来的某某的信吗？他央我给你捎信。我自知你不会喜欢他的，已经骂他'癞蛤蟆想吃天鹅肉'了！我做贼似的把信塞到你门缝了呢。你怎会愿意和他交朋友？"

她听我轻声说烧了后，又问：

"为何今晨你见到他，还向他微笑？"

我愣了愣，不禁笑答：

"人家是好意，不接受也不能伤害他的自尊心啊！不要骂他，请保守秘密。"

......

　　这封"锦书"不是云中来的，是写信人托同事塞进门的；也有真真切切地飞过来的，远隔千里或者近在咫尺。形式虽不同，但它们都是主人赤诚的心写下的爱的宣言。很神圣。

　　今天，也许没有人选择写情书来表达爱意深情了。因为，通讯工具先进快捷完好。就以手机而言，复制好的情意绵绵的美妙的短信比比皆是也。

　　真的是，再没有锦书将至的欣喜；再没有"雁字回时，月满西楼"的相思；再没有等待的美丽！

2012-08-22 17:09

美丽进行时

你若安好，便是晴天

今天，看到一枚透明的叶子形状的玉石吊坠，喜欢。只可惜它的上方有一抹浅黄，但转念一想：

枯黄的叶子并不代表消亡啊！也可以是永恒的纪念。于是欣然买下自己命名的这片"记忆的树叶"。

如水的时光，淹没了数不清的人和事，但是，如烟的往昔，带不走纯真的友谊。

W是我的学长。他是我们那三面环水、一面靠山的美丽小城的响当当的风流人物。在母校读书时，小小的我们就知道他是高三年级最有才气的学长。后来，顺理成章地、他先后成为市电视台和电台的台柱兼领导。记得诸如母校校庆等一系列的专题节目的拍摄、撰稿、制作都是学长一肩挑的。

高大、英武、倜傥的他似乎总是傲视我们这些当年初中一年级的小弟妹的。不过，一次演讲比赛让我改变了对他的看法。

我参加的那次比赛，W学长是评委之一。赛后，他亲切地招呼我，笑着鼓励我；还特别叮嘱我在决赛时要注意的细节。

离别时，我感动地握手道：

"谢谢您！学长，请代我向您的爱人问好。"

孰料，他嬉皮笑脸地揶揄我：

"喂，喂！刘太太，请注意措辞！你应该称'你太太'。"他变脸了！开始教训我：

"你知道吗？'太太'不一定是'爱人'；'爱人'不一定是太太。"

我一时语塞，不知所措。

看到我吃惊的样子，他又开始亲切地大笑起来。

从学校门到学校门的早已为人妻为人母的傻傻的我，不由深深记住了这位"才大气粗"的学长的话。总之，这以后，我问候朋友的配偶，再不用"爱人"来称谓了。

喜欢安静、有点清高的我曾经谢绝高傲的W乔迁新居举行盛宴的邀约，听说他收到我的大约是"后会有期"之类的回复后很生气。

这以后，我才又懂得谢绝邀约其实很不礼貌。

1993年高考前夕，我大病一场。W学长非常焦虑，真诚地鼓励、帮助我。有次他请我们吃饭，席间有朋友向我敬酒，知道我不能喝酒的他赶紧"救场"，正色道：

"李老师不能喝酒，不要勉强她。"

不知不觉中，他俨然是保护我的大哥了。于是，我把听到的关于他的"绯闻"悉数告知"大哥"，并严肃说：

"被人议论不光彩！"

他爽朗笑道：

"不要听，不要信。"

不久，有关他要离婚的事又沸沸扬扬地传开了。我问：

"真的要离婚吗？不可以挽救了吗？"

"大哥"长叹一声，淡淡说："懒得离婚！"

我说：

"您和学姐同为知青，在那么艰苦的情况下成就的爱情，要好好珍惜。"

他再次说了一句让我终生难忘的话：

"那时我是为了生存而结的婚。"

我逐步知晓：低他两级的学姐学业平平，长相一般，他们当年是在同一生产队插队落户并结合的。

W太太的同学Y对大家说：

"平凡的她怎能守得住W呢？"

记得W听到后，不屑地对我说：

"什么守得住，守不住的，太可笑了！爱情不是靠'守'的。这些人，不懂却要乱弹琴！"

有一次我和朋友到他家，我紧紧地握着憨憨的"大嫂"的手，真挚地说：

"祝您幸福。"

道别时，我悄悄对送我们下楼的W学长说："对大嫂好一点！"

不久，"大哥"看我的获奖论文，被人捧上天的他自以为是地在我的"作者通过淡淡的月色、隐隐的荷香、点点的荷花、田田的荷叶的朦胧之美来表达自己那种抑郁的孤独感"一句的"田田的"下面圈了个圈，有所质疑。我决意把学长的张狂之气打压一下，淡淡答：

"'田田'表'茂盛'呢！"转而嘲笑他，"学长也不是什么都懂的。"

大哥的脸一下红了！

但是，几年之后，"大哥"和"大嫂"还是分开了！是在我离开粤北两年之后。

记得我南下赴深圳时，学长送我一个高级水杯，一个精美的小地球仪和一尊"琴棋书画"的雕塑。他不放心地叮嘱我：

"深圳是一个开放的城市，人生地不熟的你切记遇到再困难的事也无需害怕！要学会勇敢、坚强。你过于脆弱，要多结交异性朋友，男人看问题的角度和女人是不一样的，他们会帮助你分析问题、解决问题。"

那些年，我快乐地不断收悉"大哥"和昔日同事、朋友以及学生们的书信。这些丰厚的精神食粮支持着我顽强地拼搏，前行。

记得有年春节，回到粤北的晚上，知道我早睡的学长给我电话：

"现在下来喝杯茶，聊聊。晚不晚？"

懒懒的我随即应道："太晚了。"

……

又谢绝邀约，不礼貌哦！但我知道，学长总是宽容我，关照我，爱护我。

我常常想起那句网络诗：

时光仿佛一抷静水，依然深刻、依然可以深沉；而一份心情却与风月无关，水逝惊鸿去。

2012-09-09 15:51

陪伴我30多年的长辫子布娃娃

美丽相遇

聚会花城

昨天上午的珠江畔迷雾蒙蒙。

小敏背着她的高级照相机，来到"半岛游艇酒店"和我进行二十年后的第一次握手。

小敏是中国作家协会会员，国家一级作家，广东省作家协会调研员。曾任《少男少女》杂志常务副社长。她的多本著作获冰心图书奖，冰心儿童文学新作奖，广东鲁迅文学艺术作品奖等。她还是广东省劳动模范。

我和她的相识缘于二十多年前的一篇文章。她接受广东省少工委领导、《少先队员》杂志社总编辑江国锋的委托，到我当时工作的母校调研、采访之后，写下报道我的《这金色的年华，有您伴我前行》一文。

一见面，小敏又再次说起当年采访我的学生、同事、领导的情景。她说当时看到我和学生一起跳舞、唱歌、做游戏，她非常感奋，

眼泪止不住流下来……知道我来广州，就想着一定帮我留影！

我真诚感谢小敏用优美的文字，走进我的心灵；感谢她对我的工作的深刻理解和认同。在重点中学，也许会有人把团队工作看做"小儿科"事业，但我永远难舍如花岁月，深深记住青春无悔！因此，直到我担任繁重的高中教学工作，也没有卸下"大队辅导员"一职。看到孩子们在激越的鼓号声中，缓缓解下胸前的红领巾，举起右手，在共青团团旗下宣誓，我无比欣慰、自豪。

几个月前看到《南方日报》上关于小敏和大学毕业的儿子星杰到印尼支教的故事。昨天，她送给我《在印尼的小岛上》及《南方分级阅读岭南故事》。

两个小时的举杯畅叙后，我们在江边铭记了"美丽相遇"。

2012-11-22 14:28

预见幸福

我的小小鸟

昨天，看到博友文，写的是美丽的瓷碗落地开花却寓意平安；甚至昭示着岁岁平安。

呵呵，我心头一喜。

因为我怕破碎，尤其是我心爱的灵物的消亡。

很小的时候，我就深信鸟儿预知吉祥。偏偏，几个月前，我买的有两只小小鸟的晶莹的烟灰缸却莫名地夭折了一只。

天哪！好朋友紫仪果然遭遇不测。

不过，新年来临之后，只剩一只小小鸟的爱物在阳光下悠然自得。于是，好消息又接踵而至：几个智慧朋友纷纷从国外回来了。

这晚，洁和先生小汤邀我们到欢乐海岸的"小南国"就餐。江浙菜和粤菜有许多异曲同工之妙：温和而不刺激，优雅而不粗俗。

洁的老母亲紧紧拉着我的手，这位退休老教师向我们夸赞她的女婿小汤是"世界上最好的丈夫"。

老人的话一点儿也不夸张。

小汤是洁的亡夫的挚友。

在洁最最无助的时候，小汤以一个男子汉的义勇挺身相助，伸出温暖之手。

十多年前，我踏上深圳这块热土报到那天，办公室主任洁对初

次见面的我倾诉了她的痛楚："我的先生遭遇车祸永远离开了我和孩子……"

望着洁凄苦的、蜡黄的、不再年轻的脸，我真诚地鼓励她："你不应沉湎于痛苦中，应该有新的生活；否则，你的先生在天堂会为你哭泣。"

渐渐地，关于洁和一个男人在一起的事就传开了。

那人，我见过的——个头不高、温和英毅。渐渐知道他毕业于某著名高等学府。渐渐地有人要我劝说洁，不要和这个小她十岁的男人结合，他们不会有永远。

记得那天，我和洁站在二楼办公室走廊的栏杆前，眺望远方，开始心的交流。

我没有劝阻她，反而安慰并支持她。

时隔十余年，洁还记得我说的话：

"李老师，您当时说'真爱是可以跨越时空的'。"

而洁当时的一句话也感动了我：

"未来很难预测，先抓住眼前的幸福吧！"我很佩服洁的通达，这句话也一直影响了我。活在当下！生命来去匆匆，稍一迟疑，一辈子就过去了呀！

小汤对洁的儿子B视如己出。为了孩子的学业，他和洁关掉深圳的公司，举家迁往加拿大，历尽艰辛。如今，高大英俊的B已在著名的滑铁卢大学完成硕士学业。

洁感激我的帮助，晚宴中她提到一个我全无印记的细节：

十多年前的一个酷暑，一群教工子弟来到我们的工作室，纷纷拿起办公桌上的矿泉水一饮而尽；唯有B走过来问我：

"李老师，我可以喝吗？"

洁说："对此，您特别感动，向我叙述一切，认定B是好孩子。"我推荐没有考上我的学校的他进入深圳另一所赫赫有名的中学就读。细节我记不清了，我只知道孩子品学兼优、家境特殊，需要相助。

相比恩义如山的小汤，我的小小支持算什么呢？

小汤不但执着地冲破家人的阻拦与洁共结连理，而且还赡养B的爷爷奶奶（洁的亡夫的父母）。正如洁的母亲称赞的"他是世界上最好的丈夫"。我认为，他是世界上最重情义的朋友！B的生父定会含笑九泉，庆幸自己有此生死相托的挚友。

我不由想起郭孔丞，和邓丽君结婚的喜讯都传出来了，却因为家人的异议而轻慢了爱人，最后好日子一拍两散。我一直认为，邓丽君的早逝与郭的软弱、不敢担当有脱不清的干系。

幸福，其实是可以预见的。关键是要找对人。

洁与小汤的爱情结晶小小舒，已成长为亭亭玉立的小姑娘。我们当时还到医院探望勇敢的为爱情奋不顾身的洁，她当时是近40岁的高龄产妇。

昨晚，我送给美丽的女孩一个紫色的、画有可爱洋娃娃的背壶。孩子爱不释手。

紫色，象征吉祥。祝愿我智慧、勇敢的朋友一家平安、快乐、幸福到永远。

2013-02-03 20:46

花儿朵朵

年前，在喧嚣的华强北商店看到美丽的花儿手机套，不禁开心地请售货员拿过来看看。

站在前面的两位年轻人突然转过身来快乐得像小鸟：

"老师好，老师好！"

其中一人迎着我惊喜的目光抢先介绍：

"老师，我是陈静茹。您不认识我了吧？"

我旋即反应过来，"你们是华强职校的学生。少虹不久前还发信邀我看孩子的舞蹈表演呢。"

她们开心应道："我们听到您的声音，转身果然看到老师！"

十多年了！这是我来到深圳的第一站的第一批学生呢。

我很高兴她们居然能在相隔多年之后，凭着声音迅速找到我。

戏剧般的场景一再上演。

那天，先生说带我去一个我喜欢的地方——龙岗区八意府附近的一间雅致的酒楼。果然，开心地看到这里有我的故土的小石螺、竹笋等美味佳肴。我快乐地坐在临窗的西式沙发椅子上眺望美丽街景时，有位女子小跑着过来，拉着我的手开心地叫道——

"啊，真的是李老师啊！太好了，太好了！"

她不容分说地飞快指挥服务员给我们加菜、加汤、加点心。

"我是老板"，她略显羞涩地自称，"能够请老师吃顿饭真是求之不得啊！老师，我是苏静。"

"名字很熟悉，你是团队干部吧？也许是中队长？"我问。

"老师有着超乎寻常的记忆力啊！我是中队长。您是我们的大队辅导员。"

已逝的岁月，其实一直在我们心中。

大年初一，我回到阔别十多年的第二故乡韶关。因为逗留的时间短，我只告知了友贤等学生。已经回到始兴老家的他旋即赶回来，并很快把十多个在粤北工作的同学找来，我谢绝吃饭，提出喝茶聊天。

回到南雄过年的汝贤也赶紧坐几小时的汽车赶回。我特地和迟到的他合影。同学们起哄：

"迟到好！能单独和老师照相。当年，曾兴雄和老师表演诗朗诵，我们也是那个羡慕啊！"

我想起来了！当年排练大合唱《周总理，你在哪里》时，担任指挥的我是和班长兴雄同学领诵的，因为，全班只有七个女同学，我必须加入其中。我们的节目好像获奖了。市区班的慈芬说："李老师，每次同学聚会，六班的同学就会怀念您和他们一起唱歌，带他们上芙蓉山砍扫把草，教大家洗衣服……总之，非常怀念。"

细节，很多我记不清的细节被我的学生朋友们放大，留存在心间几十年。

我庆幸我是老师。

我所做的，那些应该做的职业范畴的小事能够给予我的学生以鞭策；我从中得到鼓舞并不断完善。因此，做一个人民教师是多么幸福啊！

已经是粤北人民医院副院长的绍椿和资深主任医师世兴亲热地

拉着我的手，关注我的健康；一再说，感谢老师对农村班的学生深深的爱。

老师对学生应该一视同仁的，何况这些来自八县三区的孩子，是百里挑一的优秀学生呢。

回到母校工作的旭良自豪地说，我们是"文革"后首批从粤北地区选拔上来的，当年高考一鸣惊人，省委书记任仲夷还特地来到我们北中考察。

憨憨的汝仁低声对我说："老师，您还是那么漂亮。真的只有一点点变化，就一点点。"

我开怀一笑。

走过如花的岁月，心海依然如花。

2013-02-19 14:36

童话世界——献给儿子的生日礼物

小羊，我喜欢你

我喜欢童话世界的冰清玉洁。

大年初一，在广州会展中心附近，我被四只迎风舞蹈的小羊吸引了！

赶紧跑下车和它们合影。

我特别喜欢那只穿绿色衣裙的小小羊！它特别淘气可爱，它的姿态就像是在跳踢踏舞呢。

我给照片加了小狗、小兔和小熊，还有备受我宠爱的小小鸟儿；又选择了一朵美丽的红蘑菇——大马路怎能长出蘑菇哦？但是，我觉得，美妙的童话世界好像少不了它的；虽然这里不是大森林！

最后，还加了一辆小汽车。

好的，创作完毕。

呵呵，亲爱的儿子，闭上眼睛，开始你的漫游吧！

让我们的内心永远晶莹，美好。

2013-02-26 17:01

真心朋友

题记：有人说，你快乐，她（他）也快乐的，是朋友；

你忧愁，她（他）也哀伤的则是知己！

前几天，接收到同学金和发过来的长信。

没有人在看到我的新书后会对我说怕我累着而劝慰我的，这就是金和啊！我特别感动。

她说，她从没有一口气读完一本书，但一夜之间手不释卷地把我的新文集看完了。很欣喜；却又特别心疼我。

在师范读书时，金和与我上下铺，其实我们彼此说话并不多——她安静我也安静。而且那时学习时间紧，实践活动特别多，同学们都来去匆匆。

毕业后，虽在同一城市教书，生性安静的我俩几乎没有来往。

再后来，总是在取得成绩或遇到困难时会适时收获她的关切、问候。

2006年，她携粤北朋友来深圳我所在的学校参观、学习。来前和回去后她都认认真真地给我信，代表她的同事向我表达纯真的感激和敬佩。网络时代，已经没有人会从邮局寄信了。

2007年秋，我回粤北捐售新版小文集《心海如花》，金和携九中文学社的学生来捧场。掌声中，我瞥见她在人群里笑靥如花，兴奋得脸红红的。她远远地注视着我，为我开心；为我喝彩。

大约两年前，她向我倾吐儿子遇到的烦恼，很压抑。我认真地谈了自己的意见。收到回复后她快乐地马上给我短信，表示心情好多了云云。去年冬季，她告诉我历尽艰辛的儿子终于结婚了，很想让我做证婚人；又怕打扰我。

总之，无论大小的喜悦和郁闷，她都会向远在异乡的我分享和倾吐。

在这个人心浮躁的社会，金和的实诚、信任、挚爱，温暖着我。

一段时期，接到她几个信，都是小心翼翼问候我的。也许她听到了什么，为我担忧，又怕伤及我吧？

有人说，你快乐，她（他）也快乐的，是朋友；你忧愁，她（他）也哀伤的则是知己！

真情不因分离而远矣……

2013-03-04 18:12

爱的纯度与高度

小炜的妈妈向我夸赞我的儿子：

"欢欢太可爱了！他让炜炜走在马路的内侧，说汽车来的时候，他可以保护炜炜；欢欢还说，妈妈就是那样保护他的。"

那时儿子才八岁。

母亲爱儿子，儿子则效仿妈妈保护弱小。

母爱伟大、无私——没有人会否认。我认为，母爱是本能的，因为血脉相连。父母对子女的爱，是血肉之爱，是亲情所在——没有人会怀疑它的纯度。

夫妻之爱呢？

两个没有任何关系的人结缘并生儿育女，派生出亲情，组成一个家庭，这是生命的奇迹。

在人心浮躁的当今社会，确实有不少人轻慢着圣洁的爱情；甚至淡漠了可贵的亲情而轻举妄动了。

抚今追昔，我还是有点儿惆怅。想想，冰雪聪明的林徽因曾经对夫君梁思成披露自己的烦恼：坦诚地说自己好像同时爱上了两个人。除了自己的丈夫，还有那个"除却巫山不是云"的钟情于自己的金岳霖先生。大度的梁思成劝慰妻子：只要妻子幸福，自己可以退出。这算得上人类历史上的爱情佳话啊！我们知晓，林、梁俩佳人才子相爱一生；

而终身未娶的金岳霖在徽因故世后、梁思成再娶的某年某天召集一干好友到饭店聚合，徐徐老矣的金先生缓缓举起酒杯，深情地说：

"今天是徽因的生日。"

满座皆惊，闻者落泪。

爱一个人真的可以如此深厚绵长！

真正爱一个人，一定想让他（她）过得比自己好啊！

过去，可以为了爱人而用自己的身体抵挡飞射过来的枪、箭者，大有人在；今天，在危难关头，把生的希望让给爱人的恩义的例子也比比皆是：

2010年玉树地震，一名53岁的叫韩秋的男人抱着自己的妻，跳下三层高楼，将自己垫在她的身下。

……

我觉得这种爱的纯度不亚于父母对子女的爱。而且，从个体上看，夫妻间是没有血缘关系的，因此，这种爱是"情"与"义"的爱——不仅仅是纯情；更是一种相互约定的"道义"。因此，它具有高度。

同理，朋友之爱如是。

我在《一枝白洋参》中提及的红英，可以说是我的生死朋友。二十年前，当我大病并陷入绝境时，她倾尽全力来照顾我，甚至虔诚地祷告上苍，愿让我的病痛转移到她的身上，由她承受折磨。

拥有如此侠心义胆的朋友，夫复何求？

我的学生月芳、竹雅、韶艳等，也是我肝胆相照的朋友，柔情似水的她们都具有慨然的个性，她们像亲妹妹那样关爱着我，我和她们各自相处过若干难忘的时日。

很多年前，还在粤北工作的我到广州看病，就住在月芳家。她和韶艳跑前跑后，为我奔波张罗。

玫瑰情

前不久，应竹雅之邀，我"春游"到她所在的东莞市茶山镇，她快乐地把最好的房间让给我住，天天赶早起来给我买我喜欢的枸杞叶打汤，买各式糕点；晚上执意要帮我捶腰按摩。称我为姐的她说，读书时她就特别喜欢我，崇拜我。虽然我没有上她班的课。

分别时竹雅深情拥抱我的那一刻，我深深感悟：都说血浓于水，不是亲人胜似亲人的情谊却是千金难觅的，我当一生珍藏这尊瑰宝。

爱一个人，会念着、想着、为着的呀！

眼下，朝秦暮楚的婚外恋究竟有几多真情实意呢？除却一些特殊的个例，很多都是匆匆上阵、草草收场的闹剧。譬如我的朋友紫仪遭遇的那个入室行窃刻意加害无辜者的"第三者"，乃丑陋的化身矣！

她的三番五次、五次三番故意激怒善良美丽的紫仪、企图置人于死地的同时也牵累"情人"的行为，怎么可能是"爱"呢？

爱是付出，爱是容忍，甚至是牺牲呀。

毋庸置疑，这种没有廉耻和道义的疯狂行为不仅没有爱的一丁点纯度，更没有一丁点忘我的高度；有的只是赤裸裸的霸占和阴森森的杀气矣。

单纯的紫仪目前才醒悟，几年来已不断丢失钱财、衣物，这真是鲜有的案例啊！贪婪兼及恶毒的人，实在令人不寒而栗，哪有资格言爱哦？

请听："在每个人的心灵中，都有一片牧场，四季轮回中，光荣和梦想的青草在欣欣向荣地生长；在每个人的心灵中，都有一片园地，人海茫茫中，善良与关爱的玫瑰在悄无声息地开放。"

2013-04-09 20:59

细水长流

红英和我

"山高水长"之美大略无人有异议吧？那种巍峨的气度以及温婉的清幽让我们折腰。

我很喜欢这个词，尤其钟情于"水长流"。有人说过：真诚犹如一潭幽雅的湖水，宁静、淡泊、美丽。

是的，它不同于巨浪滔天的雄伟；"细水"方"长流"。它不慌不忙、静静地、缓缓地、永不停息地流淌。

真诚无需雕饰，即使不说话。

儿时的小伙伴娃玲虽然先我们去往天堂了，但她的姊妹们和我延续着她的友情。关于秋玲、娃玲、小玲、妙玲和玲玲姐妹们，我的两本小文集都有细碎的记忆。时光也如同流水，一去不复返；但真情则

永远像悠悠的细水，长流心间。

我的博文《菊花香》叙写了我们淡淡的、弥足珍贵的真情。三年前，小玲安排了我们两家人的聚会。如今，我亲爱的母亲已飞往天国了！非常庆幸小玲安排的那次聚会，我们两家老人的那次聚会是二十年一见啊！

一生中，可圈可点的事情很多，我们能牢记的往往是细碎的却永存心海的那些小事。

二十多年前，我到广州参加一个会议，很自然地到相遇的妙玲的家里住了一两天，我还记得离开时把在南方大厦买的美丽胸花送给她留念。仅此，其间的细节我没有影像了。只知道，在妙玲家里是"宾至如归"的感觉，无需客套和礼节。

两个月前，我到广州小住，小玲特地到海珠区来接我，请我到东山吃三文鱼。我笑了，说，见面聊聊，吃什么都好呢。

我特别认同小玲的笃实。在我母亲葬礼的前夜，我还是给小玲打了电话，她二话不说，次日一早从广州赶往深圳沙湾殡仪馆，代表她的父母家人来送我亲爱的妈妈最后一程。

几姐妹中，小玲和娃玲最像，甚至也有一副美妙歌喉！前两年某天，她提前告知我晚上可收看广东电视台关于省委机关合唱团的演出节目，舞台上的她，真的是娃玲的化身……

这世界，永恒的人和事，真的有！

一如流水和山脉。

2013-07-14 14:20

彩蝶飞归鹊桥美

题记："鹊桥"借代美丽的"七夕"。

我的母亲在去年今日的七夕离我们远去，化作
了彩蝶！

从此七夕彩蝶来。

妈妈留给我的陶瓷笔筒

很奇怪，小时候的我惧怕蝴蝶，尤其是在祖母离世后的某天，一
只小黄蝴蝶粘到我的蚊帐上时，记不清谁说：

"阿婆回来了！"

我几乎吓哭了。不敢、更不忍赶走它。

再大些，我又想：亲人呢，怕什么？以至于渐生爱意，终究深喜而非浅爱。

去年今日，美丽的七夕，我亲爱的妈妈永远闭上她慈爱的眼睛！非常震撼的是，我的眼前，彩蝶纷飞！

七月初七，于我而言，本是个吉祥的数字啊；而在人们心里，那是爱情的诗意。我想，这绝非巧合，而是上天的旨意——美丽终属美丽。

母亲和迢迢的银河、浪漫的鹊桥永远在一起！

母亲的美恒久。

几十年的光阴，我深刻感怀母亲的大仁大义。

动荡的"文革"中，父母工作的韶关地委机关大院，大字报满天飞。清晰记得我猛然看到指责母亲的那张大字报时慌得迈不开脚步。它就贴在机关大门口的右侧，题目我至今记忆犹新。作者赫然直呼母亲其名，斥责母亲"包庇"粤北人民医院叶副院长。

小小的我，每出大院门一次，就慌张地飞快瞄一眼那张大字报，大气不敢出的我暗暗希望它快快被风儿吹下来！

很多年以后，我为我的母亲骄傲。她在艰难的时刻，没有投井下石于自己的同事，更没有顾及自己的安危而出卖朋友。

今年开春，爸爸告诉我，一只小黄蝴蝶总是徘徊于卧室，久久不离去！爸爸说他很难过。清明节祭拜母亲时，我们把父亲写的诗歌烧给化蝶的母亲。

那些雨纷纷的时节，黄的、白的、黑的各色蝴蝶总是在我的身边萦绕，我轻轻地对它们说：

"妈妈放心，妈妈放心！"

母亲永别我们之后，我才深深感悟她的爱并没有因为我们长大、变老而削弱一分一厘，在她的眼中，我们永远是孩子。她是带着对爸爸、对我们的眷念和牵挂飞走的。

步履蹒跚的爸爸在去年今日的上午赶往医院，对弥留的妈妈说："你就放心地去吧！你那么痛，你受不了的……"

妈妈的眼泪流出来……下午，她就安然地飞往天国了。

之后，我因故在爸妈曾经小住过的城市花园的宽敞、整洁的屋子也小住了些时日，发现我送妈妈的小帽子和纱巾整整齐齐地放在抽屉里，衣柜整整齐齐地挂着我和嫂嫂、弟媳送她的衣服。病重时，妈妈送我的那条有美丽仙鹤的手绢，其实是我多年前送她的——

足见她把我们小小的爱视若瑰宝！

甚至，我说过的话。

初春，潘洁友从国外回来，感慨我的母亲离去，她说：

"老妈妈还记得我的名字，太了不起了！她记得我在晚报上写陈亚香校长的故事，连题目都清清楚楚。"

那是十多年前的事呢，我都忘记了。爱屋及乌，和我们有关的人和事，妈妈都关注啊！

当我为隐约的白发惆怅时，母亲说：

"呵呵，雪明，你年轻时，看到妈妈的白发是这样说的'白发是沧桑的见证，是一个人走向成熟的季节'。"

天那，我的年老体衰、日渐迟钝的母亲居然能对我们的过往清晰如昨！

直到她的思维有点混乱时，依然自豪地对医护人员说：

"我女儿是老师呢。"

我能成为一名光荣的人民教师，实在也离不开母亲的爱。是妈妈几次三番请求小学校长让数不出10以上数字的我上学的呢。小时候，

看到小伙伴哭哭啼啼上幼儿园，我害怕了。母亲居然同意我的请求，让安静的我独自在小院子里玩耍。

胆小又迟入学的我曾一度赶不上同学们的学习进度。记得那天的拼音字母"a"是同桌帮我写的。妈妈抽查我的作业发现问题就让我写这个拼音。她让我深深记住了：学习，不能让别人代替。

听话的我在二年级时成绩一跃而上，三年级，我加入中国少年先锋队并成为中队长。此后，我在学业上一路欢歌。

想起来，从小到大，父母几乎没有阻挠过我的愿望和决定，虽然我一直很乖很听话。感谢我慈爱的双亲让我在温暖的怀抱中长大。

如今，我深感自责的是，我的妈妈终生没有到我的小家住过一晚！妈妈总说我爱静，说爸爸喜欢看电视，会干扰我；而那年还在粤北的我患病时，妈妈马上放下所有大事小事，从深圳赶到韶关看护我。

我真不是一个好女儿！

有几次我请爸妈过来吃饭，她坐在沙发上不安地说：

"雪明，我们过来你很忙。看，你走路都要小跑着了！不要急，不要急！"妈妈说她见不得我紧张忙碌。

谁言寸草心，报得三春晖。

……

亲爱的妈妈，您化作星星嵌入天穹，又变成彩蝶，飞回您依恋的亲人中啊！

母亲永垂。

2013-08-13 06:19

花开千里

一别天地宽，再见岁月长（晓云学生妹妹语）

前天，孩子来电话说：

"小戈哥叫朋友拿来一部手机，说让妈妈开'微信'。"

我急忙说：

"我有新手机！赶快还给小戈哥。"

"小戈哥的朋友丢下手机跑了！"

......

已经接获多人鼓励我开微信的电话！但我是念旧的人，一直不忍抛弃这部小小的功能尚全的红色三星手机。

小戈是我可爱的学生，在深圳广电集团工作。前几天他给我发信，问：

　　"老师有否开微信？"

　　他说微信快捷便利，可以迅速看到美丽的图片和文章；可以迅速快乐地跟朋友沟通、交流；眼下很多人都以微信替代博客和微博。而之前，已有N个人向我建议的，包括好友秀兰和郑娟。

　　很多年前，我刚调到深圳工作，小戈和同学们就联系上我了。记得小戈跑到学校见我前和我通话：

　　"老师，很多年没见！我相信岁月不会给老师留下痕迹。"

　　后来，他非要送我那部小巧的当时非常时尚的数码相机不可，说要让老师留下青春和美丽。

　　真的很感谢我的学生们！我的第一本小文集里的许多照片，的确是小戈送的相机拍摄的呢。

　　而我的第一部小手机"掌中宝"，则是希桢送的，记得它是鹅黄色的。也是硬塞给我的。她跑到学校拿走了我的身份证，直接把一切手续办好，号码都给选定了。

　　昨天晚上，开心地和一大批学生聚会，惊喜地见到从澳洲回来度假的袁敏和好几位多年没见的学生。细心的袁敏特地带给我一束粉色玫瑰，她说，老师喜欢花。

　　一个自称是"付晓宇"的光光脑袋的可爱学生说：

　　"老师，20年没见！我在大街上绝对能认出您，您没变。"

　　"变了，变了的！但你的名字我熟悉，你应该是团队干部吧？"我快乐地轻轻道。

　　……

2013-09-15 16:46

·119·

美丽的影子

谨以此文献给我的所有朋友。

写作灵感源于如下语句：

爱情是灯，友情是影子，当灯灭了，你会发现周围都是影子。朋友，是在最后可以给你力量的人。

年年岁岁，风风雨雨。曼妙如歌的人生里，亲情浩荡；友情则始终如影相随——何其温暖！

一般而言，儿时我们依赖亲情，它庇护着我们平安、幸福地成长；而当书越读越多时——父母老去，兄弟姊妹各自成家后，常常，"朋友是最后可以给你力量的人"。

信哉！斯言。感恩师长朋友的一路支持。

我在第一本小文集《心海如花》里有深切感恩。

我感动朋友和我分享光荣和幸福，更感激朋友为我撑起遮风挡雨的一把把伞。

雪中送炭更兼"一相逢便相知的朋友"的情缘自当一世珍藏。因为——

我一生中最奢侈的事，就是与您相遇！　　2013-10-26 12:45

不想梦见

昨晚，到楼下散步，那只白猫又跑过来咪咪叫着。我一惊！不敢看它那双乞求的眼睛，更不敢回应它；一边逃遁，一边深深自责。

我若招呼它，它会愈追随我。

我既然无暇与之相伴，何必让这可爱的再度遭受被人遗弃的痛楚？

大约半个月前的一天，分明见到那只猫儿楚楚可怜地蹲坐着，我喂它吃鱼和青菜。醒来时有点儿彷徨、惆怅！悟起傍晚时分在楼下看到这只流浪猫儿在大堂的布沙发上蜷睡着，调皮地半眯着眼，懒懒地偷窥着进进出出的人们。

原来如此。

日有所见，夜有所梦。

幸而，我深深眷恋着的远去的母亲、深深记挂着的亲爱的朋友都不曾入梦来；否则，情何以堪？

唯有一次，不是这两年。在月朗星稀的一个夜晚，我和飞上银河的儿时好友娃玲相遇，她端坐在书桌前学习，桌上玻璃瓶的梅花落地……

被惊醒的我，推窗远眺夜空中坠落的星辰……

人世间，生离死别切莫彷徨矣！就让逝去的永远定格吧。

我不想梦见。

2013-11-15 10:29

"幸福"要义

母校,我回来了!

风风雨雨中,再不会为名人和凡人的离合而扼腕或雀跃。因为,生活本来就是一首歌——有舒缓、有高亢、也有低沉的音节;只是,在酝酿它的时候,基调要定好。

记不清哪天晚上,被连续剧《咱们结婚吧》吸引了眼球。我特别认同其中一个情节:女主人公桃子约女友未未一同去相亲,结果李葵一眼相中的却是未未。为心无旁骛的纯粹的友情而来的未未,在李葵看来,尤其美丽动人。

李葵成功了。与其说是专注和不舍,不如说是他和未未心灵契合。

真正的爱情需要心气相通。

玫瑰情

刚刚看到田朴珺说她和王石是"心灵伴侣"，两人的情感禁区就是不依靠恋人的关系做交易；自己也常回请王石吃饭，有独立的钱包；他们不需要"一纸婚姻"云云。忽然对这个张扬的女汉子有一点儿同情、理解。

对没有功利的东西，我推崇。

虽然，在我的审美中，她离美还远。

我想，真正的爱即使不能天长地久，它的分离也不至于糟糕。就如百合网上的那句话一样："好的爱情是没有经济矛盾的，因为好男人不吝啬，好女人不贪婪。"

每个人都会有不足，在大节上的美是大美。

当未未被医生告知不能生育时，喜爱孩子的李葵虽然有一丝惆怅，但极其坚定地安抚爱人"去抱养一个孩子"，甚至编造"自己也是父母抱养的"的美丽谎言。而孤独的、爱子爱孙心切的老李头，也宽厚地配合儿子的谎言以劝慰伤心的儿媳。

这李家父子，真真的男人雄风！

拥有如此情深深的爱，当然幸福了。

深厚绵长的爱大抵能迎风搏雨吧？

李葵对未未的爱已经经受考量了，同样，未未主动提出离开也是出于爱。说到底，深爱是有基础的。

如果心心相印的爱也在某天被击倒，就爱吧！

因此，写第三本书的时候，我对爱情的观点会有一个超越。

"幸福"的要义是爱你爱的这个人。

2013-12-15 11:26

青山依旧

题记：我们或许失去一些，但我们获得许多！确实，幸
福并不仅仅在于拥有。

我赞赏百岁老人杨绛所说：

上苍不会把所有幸福集中到某人身上……我们曾如此渴望命运
的波澜，到最后才发现，人生最曼妙的风景，竟是内心的淡定与从
容……

周末，接到远在澳洲的学生敏的短信，说她的红酒庄要在华南城
开业，恳请我出席并说同学们会从粤北、广州、珠海、中山甚至浙江
温州等地赶到。

我有点意外。

大老远的，为何回来开酒庄呢？

中学时的敏，亭亭玉立地坐在教室的后排，像一只美丽的白天
鹅的她顺理成章地被我挑选到学校仪仗队。敏学业优异且心灵手
巧，每次执行任务，都是我的好帮手。我依然记得她做的红绸花儿
特别美。

那年，市里举行大检阅活动，声势浩大的北中鼓号队途经西河桥头时，我瞥见敏的同样美丽的母亲站在那儿向我们行注目礼。从粤北医院到这儿有很长的一段路啊！爱女儿的她让我深深感动。

周日一早，晖就驾车来接我们，想起去年那次为远道回来的敏开的小型的聚会，读书时沉默寡言的他也是忙前忙后，并争着买单。

我的心暖暖的。

到达后，志永出来引路，他的妻和一双乖巧的儿女迎上来。

"快叫老师！爸爸的老师呀。"沉稳的志永大声说。我想起当年他和晖以及敏等个高的学生都坐在后排。

志永和晖都是最早从粤北来深圳读书、工作的。早年丧母的志永小小年纪就到香港打工，凭着刻苦和勤劳硬是打拼出一个小小天地。如今他回到深圳，孩子则要每天过香港读书，日子繁忙而充实。

学生们像过往那样雀跃着和我握手、拥抱。虽然岁月的风霜留痕，但那些久违的名字和亲切的笑脸，唤醒了青春的记忆。

敏的母亲和我紧紧握手。她低声告诉我：这些年，敏太难了！

当年踌躇满志年轻美丽的敏执意出国留学，梦想成真。但水到渠成地成为会计师的她，生活并非都尽如人意；同时孝顺的她惦记着远在粤北的母亲。

我明白了。

因此，那么多同学放弃休息时间，从四面八方过来支持她。

敏高兴得团团转，她说：

"老师来，我特别开心！以后我会经常回来，酒庄是我和母亲的精神寄托。"

她告诉我，当年心高气傲的自己从香港坐飞机出国，是志永亲自送她上飞机，用自己艰苦奋斗的经历激励她永不气馁。还有晖，他们俩竭尽全力支撑敏，亲力亲为，譬如酒庄的铺位就是志永帮敏找的。

纯真的友情一直延续到各自为人父，为人母。

敏的母亲说了一句我思考着的话：

"如果敏和自己的同学结合，应该不会那么难。"

但是，人生不可以重来，人生也不可能圆满。

热闹和喧嚣平静下来，同学们开始难忘的午餐。连同敏的母亲的数位从广州赶来的朋友，挤满四大桌。其实，很多人昨晚就住在这儿了。我想不到同学们居然把家乡的水果、笋、酸菜带来。其中橙子还是班长跃胜的农场种的。还给我带来一箱。跃胜因故缺席。

时光或许可以改变世界，可贵的是，我们的情不移！

2013-12-22 14:28

情义大于天

大约，没有人会想到我曾是深圳高级中学教工乒乓球比赛的女子"双料冠军"。

因为，怎么看，我也不具备运动员的素质呢。

但是，我的确曾经是小小运动员。很多年前，我代表韶关市的小学生参加过广东省的少年女子乒乓球比赛；只是，每次上场，我几乎都手脚发软，每每败下阵来。队友冰冰同学又气又急，也就每次都把早已泪花盈眶的我骂得泪流满面。

偏偏，赛后，几乎全体队员都举手选举我为此次大赛的"风格奖"获得者。小小的我羞愧难当。

永远感恩我的小伙伴们的友爱和鼓励！

中学时，记住当年的怯懦和小伙伴们的鼓励，不再那么慌里慌张，输球少了。最辉煌的战绩是拿过中学组女子单打第五名吧？

不具备运动员素质的我是被欣赏我的体育老师"逼着"打球的。他起先让我参加游泳队，而三年级时的我从没下过水。同学们说我哆哆嗦嗦下到游泳池时脸都发青了。老师无奈地拉我上来，却还锲而不舍地依然动员我参加篮球队，我对老师说我一定抢不到球的。

为了不让老师失望，我答应打乒乓球。于是我被挑选入市少年体校乒乓球队，师从国家一级教练李指导。据说我的基本功还行，扣球的姿态趋于完美，但我的力度总是不够，杀伤力不强，常常被对方反扣球甚至强推挡而绝地取胜；我曾经就此请求改打横拍，试图以削球反攻取胜。改打横拍的念头还取决于力气不足的我钟情于横拍削球的诗意和洒脱的美；但主张"发球抢攻"的教练没批准我的浪漫要求。

不喜欢就是不喜欢，即便被逼着入了门。

所以，参加工作后，没有人知道我会打球。

十多年前，我入职深圳高级中学，年级办公室门外的大厅里就有乒乓球桌，没有人见我打球。而当学校要以年级为单位组织乒乓球大赛时，我告诉为此着急的级组长，我可以代表年级出战。

同事们又惊又喜！

记得那天首次上场的我就对阵学校往年的冠军杨医生。她一身运动服，潇洒、威武，那必胜的笃定的架势让我的级组同事们捏了一把汗。大家担忧地挤到我的身旁齐声地为穿着裙子的我加油。

我不具备运动员素质，但我特别感恩一直给予我许多支持、鼓励、帮助的热心的同事们。来到深圳这块神奇的热土，这亲如兄弟姐妹的情义给予我莫大的力量。在一声比一声高的"李老师加油！"的呐喊中，我沉着地抑制着急促的怦怦心跳、无可畏惧地愈战愈勇、利落地连下三局。

同事们那个乐呀！

我知道，怯懦的我是被深厚的情义所感动而赢得了胜利。

2014-02-19 15:18

美丽的爱

断断续续看了数集的《我的儿子是奇葩》，很感动。

故事的主人公楚汉民、江波、何花三个朋友，大学毕业后，离开江南故土，同闯京城。

几个年轻人最终收获真爱。曲曲折折、转转悠悠，时间的历练孕育出天地精华。

我特别欣赏汉民的女朋友林畅的一句话：

"'喜欢'就是希望和这个人在一起，而'爱'不一定要和他在一起。"

林畅是爱汉民的。她的话道出了真情实感。因为爱，所以无条件地配合汉民演"夫妻"，召之即来，挥之即去。

爱，怎能不希望在一起？

几乎到剧终，这个谜底才解开。因为林畅有过一次失败的婚姻，还有一个孩子。

因此，当汉民真的爱上林畅时，她百感交集！在慌乱中婉拒了汉民母亲的请求。

真正的爱是忘我、无私的，只乐意付出。林畅认为"汉民可以找一个更好的女孩"，她怕自己会拖累爱人。电视剧中的若干细节袒露了她的深深的爱：如当发现汉民假作的结婚照时，她不但没有生气，反而高兴地请求一睹为快。

林畅的和颜悦色、善解人意与她的外在的柔美相得益彰。

我非常喜欢这种美丽温婉、善良纯粹类型的女孩。

孙妙雪的敢爱敢恨，也是一种时髦之美。这种美来得有点儿霸气！她偏偏狂热地爱上了没有一丝浪漫气息的痴心于电脑制作的"呆瓜"江波。

还有何花，她的爱很高洁。也许为了突出这一点，在情节上总让人觉得有点儿遗憾，因为"高富帅"的张灼的大情大义以及优良涵养不能不打动我们，他对长相并不出众的何花的爱毫不逊色于李建军。登记结婚的神圣一刻，面对李建军的突然出现、何花的突然反悔，张灼不但处变不惊，并且优雅地告诉何花他可以等她，一年两年，甚至三年！他爱何花的淳朴，没有物欲的美。

从个人素养上看，李建军显得毛躁，缺乏沉稳。

现实生活中何花类型的女孩实在是凤毛麟角。

电视剧以纯美的形式渲染了美丽的爱，可能有些夸张，情节上值得推敲的地方还不少；但我很入戏，很感动。因为，文学艺术总会有遗憾、总会有不足。

真心希望，有更多童话式的美好爱情走近我们，让我们不会失去对美的憧憬和向往。

2014-03-26 17:56

拐角遇到爱

上苍并不特别眷顾我，但常常在拐角处给我惊喜，给我亮光。

去年12月，我的新浪微博不知何故被封停，在线申诉数次仍无法恢复。

几个月过去了，心里放不下这事的我，决意请行家里手帮忙有效地解决问题。于暂且栖居"青青竹苑"的我而言，科学高中是最佳的选择。

来到科学高中，青山主任爽快地让小王老师帮忙。技高胆大的王玉银老师认为可以通过申诉拿回我的与博客同名的微博。但事与愿违。虽然在小王的努力下，新浪方面解封了电话号码，名字还是没有还给我。无奈的我只能在"雪明老师"后加我的吉祥数字。

毕竟，加了数字后的名字怪怪的，老朋友们还是找不到我呢，辜负关注我的人。我依然闷闷不乐。

峰回路转，柳暗花明。

红彬友受朋友之托，向深圳中学龙岗初中的小罗校长推介已经考入龙岗教育局的北师大的教育技术学专业的硕士生郑娟小妹妹。

天哪，真的是姓"郑"名"娟"？和我的旧日同事同姓同名，又都是学电脑专业的！天下真的有这么巧的事儿？

呵呵，我就是和"郑娟"有缘。上周五晚上，我见到小郑娟，我们快乐地聊着，以致时间不知去哪了呢。

小郑娟一头乌黑的长发，智慧的眼睛黑亮黑亮的，温婉秀美。她和大郑娟一样，认同我的许多观点。譬如，她特别喜欢我说的：

"爱是一个人的事，爱情是两个人的事，婚姻是一家人的事。"

她说，这句话很经典。

言谈中，年轻的沉稳的她流露出对美丽爱情的憧憬，对当下光怪陆离的情感的迷茫。她非常谦虚地说喜欢听师长朋友谈人生，谈过往，谈未来；说因此受益终生。她非常认同我对"前人有的、后人尚未超越的美好爱情"的向往；并动情地说：

"雪明老师，您有仙气！"

我笑道："我的俗气也许少些。高级中学的瑞兰友也这样说过，得到大家的褒扬很受鼓舞。"

小郑娟还特别理解我倾注在新浪博客上的感情和精力，她说这是我的精神园地。她认同我对"有思考、有审美的人生才有意义"的执着。我告诉她，在网上撰文写稿，传承爱和美并得到呼应，感觉非常幸福。我对自己开辟的瑰丽园地情有独钟，希望能把自己的专属名字找回来，这样，博客可以与微博同行，新博文能迅速展现在微博上，不必复制与粘贴。它们是名副其实的共同体。

小郑娟频频点头。

让我非常震撼的是，4月12日那天，小郑娟居然与新浪方面沟通成功，拿回了我的专属名字，甚至此前的资料。

大郑娟手把手教我建立博客，小郑娟拼全力帮我解决难题！这辈子，"郑娟"就是我的缘。

感谢生命中有你，郑娟。

2014-04-15 07:17

昨天已过去

这些天我集中精力跑照相馆整理相册资料。几乎整天耗在那里。

傍晚，稍稍休息时，却见到令我瞠目结舌的一幕：

一位七十岁上下的老太太把近日的《南方都市报》的上半部折叠起来放在胸前，让工作人员给她拍照，结果，报纸当日的大标题"七宗罪"等黑体大字赫然与她紧紧连接！

大惑不解的我不禁问：

"不好呀，这样照相多不好啊！您变成有罪之人了呢。"

老人漠然地似笑非笑曰：

"没关系，我本来就有罪。"

我更加不能释怀，上前追问：

"冒昧地请问，您是否在'文革'中受到不公正的待遇呢？"

"没有。"老人抬起眼睛瞟了我一眼，缓缓说：

她追随儿子，离开甘肃。退休前在医院工作。老家单位要核实她的情况。因个别人离世几年，家人仍领取已亡人的工资社保。以防漏洞，单位请她和当地当日的报纸合影以示"活着"，她说好不容易找到份当日报纸。赶快合影也。

原来，她的所谓"罪"是自己脾气不好，总和亡夫拌嘴，老伴五年前就去世了。她说先生长她好几岁，所以她觉着他要让着她。他走后，自己很后悔，觉得有罪。

我痛惜地望着老人满头的白发、一脸的倦意，问：

"你们有根本的矛盾吗？彼此做过对不起对方的事吗？"

当得知他们只是拌嘴而已，我诚恳地劝慰道：

"不拌嘴的夫妻少呢。你们没有根本的冲突，拌拌嘴实在不算什么。有道是'亲者疏'，您的先生不会因为您和他拌嘴就埋怨您的；他在天堂看到您不开心会难过的！昨天已过去，请珍重今天。

您信佛吗？听说人生是有来世的，生生世世你们永远在一起。"

老人终于笑了。她指着胸前佩戴的十字架，说信教。

我说，那么您的先生就在瑰丽的天堂里。您高兴，他就开心。

老人双手握着我的手，摇了摇。再三谢我。

刚才，见到老人过来拿昨天拍的照片。她亲热地问我是否在照相馆工作。我笑着说：我和您一样。

她愣了愣。笑起来。

我满心欢喜地祝福她永远快乐。

2014-06-18 16:16

断爱

湖畔歌声

在这个"有爱就要大声说出来"的时代，面对形形色色的炽热的爱，真的不知是感动还是惶恐。

我一直认为，爱是自己心向往之的美，可以不说出来；而爱情则是两情相悦的心灵感应。

真正的爱情默契、持重、恒久，无需张扬。

因为幸福是自己的感觉。

我写过这样的文。

昨天，恰巧看到大约这么一段话：

温柔可以伪装，浪漫可以制造，美丽可以修饰；而爱是一种心疼，只有心疼才是最内心最原始的情感。心疼，是爱的最高境界。

心疼的深爱，不仅仅体现在爱情上。

当我们病了，累到了，受伤了，最心疼我们的人当是父母、兄弟姊妹和友人吧？亲情因血脉相连而相依；友情因情同手足而相惜；爱情因心心相印而相爱！

判断爱，请看是否心疼吧！

2014-08-18 07:04

爱的路上千万里

题记：千万里艰辛路，因为有爱，满径芬芳！

也许，最美，美不过皎洁、温婉的月光。我们常常把最美丽、最珍贵的爱和月亮相连。

18年前，因追捕"飞车贼"犯罪团伙，深圳罗湖公安分局巡警陈文亮遭遇车祸成为"植物人"。18年来，他的父母用常人难以想象的坚持、深情、顽强地延续着儿子的生命；打碎了当年医生说的"最多只能有呼吸3年"的预言。

几千个日日夜夜，从早上5时至晚上11时，陈文亮的父母戴上老花镜帮不言不语的儿子翻身、按摩、洗脸、刷牙、喂水喂食，抱他到特制的轮椅上，推下楼散步；再回家，搬上床……一把屎一把尿，从不厌倦，从不灰心！年迈的父母用呕心沥血的爱期待儿子"归来"。

一天天，一月月又一年年！因为怀揣着那一丝希望，因为坚定那一个信念，所有的苦和难都抛之脑后。夫妻俩一个关掉公司、转让老家的养殖场；一个提前退休。最初的3年，在医院病房轮流值夜，他们休息从没脱过外套。寻医找药，四处奔波。

爱的力量，让沉睡的儿子沐浴春风、雨露和阳光。

爱的路上，让辛劳的父母只闻花香。

这一路的坚持，还有这座城的许多人：

医生成为家人那样为陈文亮牵肠挂肚；经营纸品生意的同乡十年如一日免费供应必须的护理垫；精通按摩的则主动上门帮忙；公安局一直关注着倒下的英雄的生生息息；陈文亮一直是深圳警察的一员，一直领取工资和特殊津贴；18个365日！文亮受伤前的同事们的工作岗位有许多变动，但大家一致不变的是记挂着躺着的兄弟。每逢节日，更会靠拢他，爱抚他，呼唤他。

让我们深深感动的是陈爸爸陈妈妈的大爱大美。他们婉拒过捐款和荣誉，甚至以"阿亮伤残后没有新贡献"谢绝了政府分配的福利房。

在这样的可敬可爱的人的面前，我们工作上、生活上的一点点困难算什么？更遑论卑微的私心杂念了。

千万里艰辛路，因为有爱，满径芬芳！

2014-09-27 08:44

初心不变

应94届学生之邀，上周六，我回到五岭之阳的古城韶关、回到母校广东北江中学，参加同学们毕业20周年的庆祝活动。从接获通知到隆重简朴的仪式结束，师恩浩荡。

20年再相会，来自全国各地的岁月已经不青葱的同学们并不忙着同学间的话情长；而是把目光投向母校，向当年任教的老师行注目礼。

在亲爱的同学们的簇拥下，我们走进阶梯教室，掌声雷动。

庆祝活动的主要程序是给老师逐一颁奖。颁奖词精彩纷呈。朗诵奖词的学生是精挑细选的各班代表。我特别感动的是胜昌老师的学生代表特别提到师母给他煲汤熬药的细节。

感恩，就是初心啊！

无论我们贫穷还是富贵，不变的是那颗金子的心。

感恩，也是善良。

当面目清癯、华发满头却气定神闲的锦珍老师站起来聆听自己的奖词时，我的眼泪就要掉下来！记得那时，她的孩子尚小、而先生罹患绝症，锦珍老师以柔弱之躯挑起千斤重担。除了坚强的意志，需要学校的关怀、同事的鼓励；更要学生的支撑！因为，教学相长，老师在重大变故中难免精力不足；这时，鼓舞和包容的力量

往往是坚不可摧的。

给我的颁奖词很美很浪漫。我深知：身兼初中部少先队大队辅导员繁杂的工作、又上高中语文课的我，分明存在许多不足。但我的优点常常被放大；我的缺点常常被忽略。我被如同我的弟弟妹妹一样的学生们簇拥着、珍爱着，才拥有和年级的同事们一起为母校创造奇迹的勇气和力量。

庆祝活动由始至终倾注感恩：从温婉、低调的才女洋姣联系我，到她的先生开车送我们到高铁站以及在列车上同学们的关怀备至，被安排入住……整个行程，环环相扣。出发前还接到组织者之一的宇峰同学的长途电话；及至回到深圳，他还追问是否安全到家。我的装满冬装的沉重的旅行箱一直被纤弱的晓云抢走。她还略显羞涩地说，当年她也许身手不够协调，被我由小鼓队调至"小记者团"。

文采飞扬的晓菁接话：

"感谢小记者团的锻炼，今天的你才写出'一别天地宽，再见岁月长'的佳句！"

"现在我抢走老师的旅行箱，是向老师报告我身手不凡了哦！"亭亭玉立、才思敏捷的晓云大笑道。

想来，当年，声势浩大的北中鼓号队是同学们心中的一个梦。晚宴时，就有一群男生跑到我身边报到，他们自豪地报出我熟悉的姓名，我清楚记得眼前这些帅小伙是当年的小号手。当我们豪情满怀地合影后，自称"罗兴明"的同学又跑过来报到。

我笑曰：在深圳，我们的号队都可以重整旗鼓了！前不久，市二医院的一名心内科的副主任医师也快乐地告诉我他也曾经是我的号队队员，只是训练不足，技术不过硬被我劝退了。

感谢我的淳朴善良的学生们，只记住我的好！

晚宴结束时，钟志成同学从人群中挤过来告诉我这么一件事：

我在高一时开设了钢笔字练习课。有一次他获奖了，后来他悄悄对我说他获奖的字是用字帖描摹成功的。我说那样不好；但诚实很好。

我对此全然没有印象，但我很欣慰。

和这样的学生在一起，没有理由懈怠。在某种意义上说，是学生成全了我们；是崇高的职业完善着我们。我很庆幸我是老师。我深知，即使我静静地站立着不说话，也有很多双眼睛注视着我。

有一件事刻骨铭心：

年轻时，有次上街看到牛杂串，我迟疑了一下，终不敌诱惑。刚把它送到嘴边，就听见学生快乐的欢叫声！

………

这个夜晚，同学们邀我去K歌，我笑了。有个男生说：老师您不来，我们会失望。

……

深秋的母校，没有风霜、没有雨雪，但池塘里的荷叶已泛黄！

下一站，又是美丽！

2014-12-03 22:05

繁枝下的母校池塘……

爱，就是这样的静悄悄

美妙的歌曲千千万，而"林中的小路"尤其让我难以忘怀。

它的歌词简单、纯真，用拟人、反复等修辞手法，借景抒怀表达爱，深情却内敛。

它博得我的喜爱在于没有声嘶力竭的大声嚷嚷。

林中的小路，是爱情的立足点。它的环境赋予它清幽可爱，而深爱着的情侣相约着在这里漫步、徜徉。我很欣赏歌词里的"羞涩的面庞"等字眼，非常传神、真切；还有悄悄"眨眼"、"张望"的星星；"明镜似的"月亮；"默默地"伸向远方的小路……见证着美好爱情的甜蜜、神秘、情深意长！

反复的修辞运用自如，形成一咏三叹的境界。星月的铺陈，烘托着脚下的小路，"愿这林中的小路默默伸向远方"反复迭起，诗意地期待美好与幸福永远定格。

我一千次地为这首歌鼓掌。

我喜欢这样的爱情：热烈而不高亢，深挚却不张扬。

如果为这首歌编舞，我觉得也应该用反复的修辞手法迂回舞蹈。尽可能地柔美，悄然和诗意。

2014-12-22 21:39

2015年的第一缕阳光

与花儿赛跑

今天下午，我漫不经心打开微博提醒的两条"未关注人的私信"后，就被暖暖的幸福包围了！我怎么也想不到，发信人是海天出版社的王颖编辑。

非常非常感动。2006年，我的第一本小文集《心海如花》是她负责审稿的，优雅、年轻、温和的她热忱地支持我按照自己的意愿编排自己的书。给我满满的信心和勇气。

五年之后（2011年暑假），我又拿着打印好的第二本文集的稿件到出版社酝酿出版的关键时刻，王颖编辑却因病住院了！记得她对此非常遗憾，她真诚地告诉我，说我已经是她的好朋友了，她很喜欢我。出版社安排她的上司，和她同姓也几乎同名的"王颖"主任接手小王编辑的工作，不苟言笑的对工作的认真几达苛刻的王主任（男性）负责审核我的第二本书《生命中的美丽相遇》。

我来不及伤感，就投入到紧张的排版艺术的研究工作中了。

书，如期地、顺利地、成功地再次举行了隆重热闹的签售仪式，在深圳中心书城……

以后的两三年，我的生活经历了一些波折和动荡……走着走着，我居然和王编辑远了！

而我，一个小小的作者，却在这么些年之后的新年的第一天，收到她如坐春风的充满爱和期待的两条私信。

原来，这么些日子，坚强战胜疾病的她一直默默地关注我，关注我在新浪网的写作；而我，做得太差了。

尊敬的王颖编辑，你和许许多多关爱我的师长朋友一样，带给我新年的第一缕阳光！我要大声地向你说声"谢谢"。

无论时光如何匆匆，无论世事如何难料——人间，真情永在。

2015-01-01 22:44

山高水长

题记：*爱到了极致，即使永失浪漫的相约，*

也是幸福的。

这些天，脑海里还不断浮现着《平凡的世界》里孙少平与田晓霞的高贵的爱；又发觉《何以笙箫默》里何以琛与赵默笙的一往情深。充溢在这样的瑰丽里，我很幸福！

无论外面的世界如何嘈嘈杂杂，或是扭扭捏捏、无病呻吟，我始终向往那种比山高、比海深的情。

我的第二本小文集就永恒的主题写过一些文，如果出第三本书，我可能看问题更人性、理性和客观。写文如做人，一切都是修行。

真正的爱，是没有功利的。田晓霞的美，在于阳光、豁达；在于她的平等意识，善和爱的情怀。对于连饭也吃不饱的同学少平，高贵的她深深同情。她巧妙地陪他一起为老师掏烟囱。更让我感动的是她从省城跑到少平所在的大山沟的煤矿，并同爱人一起下井。在漆黑的矿井里她心痛少平而泪流满面。爱到了极致，即使永失浪漫的相约，也是幸福的！幸福不一定要得到。当少平在晓霞牺牲后依然履行他们此前的约定按时到达那棵有特殊意义的大树下等候永远不会来的晓霞

时，我的心随着少平的心一起碎了！但是，这种爱刻骨铭心，是凡俗中的同床异梦的人可以比的吗？

我为他们的爱点一百个赞。

而喧嚣世界里爱的轻言又在《何以笙箫默》面前黯然失色。优秀的何以琛在万花丛中沉静地走过，他的目光一直停留在自己的爱人身上。他对多年来暗恋他的以枚说：

"如果我的世界里曾经有过一个人，那么，其他的就是将就；而我不想将就。"

浅浅的一句话，深深地表达了那种执着与专情。

真爱本就这样，只是这个社会令许多人目不暇接了！

借用何以琛的话，我不愿、也不会目不暇接，我的目光也只会停留在一个人身上。不用天地作证，无需钻戒表白，更不会让满世界都纷纷扬扬——就这样地山高水长。

2015-04-04 11:34

爱最大

日前，《深圳晚报》连续两天发了这么一个消息：一位"白富美"花钱买整版广告来寻找自己会乐器的爱宠小兔子。我随手写下评论——

爱，最大。钱，算什么？

今天，就此展开。写自己的一个经历——

爱，最大。病，怕什么？

那是儿子两岁时，他因严重腹泻需住院治疗。刚好先生出差在外。我抱着孩子来到儿科病房，发现住院的小朋友几乎都要在头上被注射安定类的针药以让孩子安静不哭。我慌不择路地要逃离时，碰到儿科主任。他凝重地告知我，儿子病得不轻，如果不住院则需天天抱他来治疗。我毫不犹疑地回答："我可以。"

每天傍晚下班后，我就抱着儿子往医院赶。从学校到粤北人民医院有几公里路哦！那时似乎也没有什么出租车之类。我坚强地抱着孩子走走停停，如此一周。每天晚上九十点钟才回到家，累得饭也不想吃了。

儿子顺利地渡过难关，痊愈时——我却胃出血住院了。

医生说，那是我吃饭不正常，焦虑和劳累过度所致。

病根，就这样种下了。我不悔。因为——爱，最大。

万象瑰宝

学生妹妹到我家来了

朋友的微信语录：世界靠精神和道德的引导走向辉煌，否则就离毁灭不远；人类靠内心的善良和纯真走向天堂，否则就离地狱不远。在繁杂匆忙的现实生活中，永远保留一点对崇高理想、幸福生活的向往，我们才能葆有心中那座"披着霞光绕着云雾的雪山"。

我觉得，好的文学作品让人掩卷沉思，会引领我翻越高山，飞过大海。

昨夜追看完《下一站婚姻》，欣慰历尽艰辛的主人公龚剑和邓草草有情人终成眷属。

纷繁的社会，百态万象。

龚、邓二人是万象中的瑰宝。不管现实生活怎样残酷，他们心灵的一角永远保留一片无论如何也不会被污染的天空。

人间万象，光明与阴郁形成了广袤的世界。能够感动我的是美丽总能出现。即使一些庸庸碌碌的人，最终也会裂变，绽放闪光点。邓草草的上司——律师冯尚香自私、狂妄的秉性让她或多或少地扮演着卑微庸俗的角色，不惜卖友求荣的她在剧终坚持了该坚持的正义；任性、刁蛮的龚剑的前妻周丽君也被无私和善良撼动，成为龚剑和草草的好友；总裁助理乔小芮对龚剑的几乎没有尊严的脆弱、狭隘的爱也逐步上升为光明的行动……

爱确实是不可以取代的，更不可能占有。

那些个千娇百媚的女子，是万象中的红尘，无论如何也走不进龚剑的心！乃因龚剑和邓草草早已心心相印，灵魂相拥。

邓草草为了找回被拐骗的儿子的那种不屈的斗志与龚剑何其相似乃尔！而龚剑"弱水三千，我只取一瓢"的侠骨柔情与邓草草忍辱负重、挺身救助被陷害的爱人的果敢——

掷地有声地印证了他们是天造地设的一双。

剧情跌宕起伏。置身于人物的大悲大喜的我，始终笃定地相信：美丽一定属于相知相惜的万象瑰宝。

至此，我欢欣鼓舞。

2015-05-24 14:06

学生妹妹

上天眷顾我，让没有姐姐和妹妹的我拥有一群又一群亲如妹妹的学生。

在我的记忆深处，许多美丽早已成为一片花海！

学生妹妹，温暖着我。

快乐和痛苦，她们都和我分享和承担。

我搬进新居的那天——

同学们像小鸟一样飞进我设计的小天地。她们偏心地爱我所爱。从头顶上的花篮灯到大厅里的"祥云砖"和房间里的"真心木"，甚至我珍藏了几十年的布娃娃和小小鸟儿……所有的所有，大家都说好。包括厨房里的一碗一碟。晓云还把"双立人"铁锅拍下来了。

学生妹妹们的欢呼声和笑声带给我满满的幸福。很早就联系上我的晓菁由衷地说：

"老师，我们爱您，因为您清澈。对人对事不带一点儿虚伪！"

过奖的话哦！职业使然而已，同学们。

学生妹妹希望我"美丽下去，快乐下去！"

晓云如是说：

"心形的床，小鸟的钟，玫瑰的梦！岁月不是美丽的敌人，年龄也不是真善的终点。老师的故事叫终身美丽！"

"老师，您的美是由内到外的，真心地敬佩您。我们为老师骄傲！"羞涩的静妍紧紧拉着我的手……

与其说这些溢美之词让我感动，不如说它们快乐地支撑我走过高山和险滩。

除了这些94届的小妹妹，还有远至20世纪70年代末的步玲、月芳、竹雅、希桢、秋雁、渝蓉等等大妹妹，89届的小芳、丽荷、海涛、静怡、史卫、罗静……92届的韶艳、景云等等。她们召之即来，陪伴我走过秋月和寒冬。

……

学生妹妹准确地把握我的爱，可心的礼品常常让我开怀一笑。例如：小芳曼妙的水晶笔，洋姣、罗静五彩的鲜花，静妍、史卫清香的龙井，晓云、晓菁婀娜的花环，锦辉、丽洁美美的苏绣和精巧的餐具……

一次次地，她们变着戏法谢绝我请客而让我惊喜地走进色彩斑斓的各种各样的聚会。

今天一早，洋姣就告诉我她在广州南沙，那儿有许多美丽的荷花。她说我一定非常喜欢。

"人少，景美是老师最心仪的了"。她边说边把荷花图雪片似的发给我。

……

时间的长河，将过往的沉潜与积淀的厚重，用不可阻挡的力量展现出来。花海在前，彩云在上！

2015-07-18 20:46

当老师成为了同事时

　　每每谈起初中时的老师，同学们一定会会心地用客家话模仿梁端寿老师教授自然数、有理数知识时的声调说：

　　"1，2，3，4，5，6，7，8……一路去！"梁老师绘声绘色的数学课，跳跃在我们的心里。

　　前几天，几位男同学驱车几百公里，到梅州市松口镇奇迹般地找到昔日的恩师。现代网络口口相传，没有前往的同学深情地收录了微信现场录播。

　　老师只是消瘦了，有了皱纹。那幽默的脸盘依然智慧。很感动在说到我时，梁老师不假思索大声说：

　　"记得，记得！"

　　我们初中仅仅读了一年，羞涩的我似乎没有什么亮点。只记得被语文、数学以及英语老师表扬过，当风华正茂的我回到母校任教时，见到了老校长廖拔成、音乐老师贺莎、生物老师苗漳洲、体育老师梁灼源、语文老师刘华昌。我们的老校长是享誉南粤的学者型的老革命，他还是地区教育局副局长。对于没有值得炫耀的学历和背景的我，师长们呵护有加，视若珍宝。这是我之大幸也！我很快被破格提为语文科组副组长。我的老师刘华昌老师和其他资历深厚的老师都积极支持我、关注我、爱护我。在这个人才济济的大科组，我从不彷徨更不孤单，我收获着知识、更收获了友情。记得我离开母校时，刘老师还送我一本自己珍藏的高考复习资料。我调到深圳后回粤北，参加大年初一全校教职员工的团拜活动，温暖瞬间包围了我。刘老师等等众多老师呼啦啦地上前来握手，大家关心地问长问短。

可惜，在人群中，我再也望不到老校长和苗老师的身影了！不久，梁灼源老师也病逝了。

深切记得老校长住院了，据说基本认不出人的老校长却准确地叫出前来看望他的我的名字。永远不会忘记老校长像慈父般地关爱我。刚参加工作时伙食比较差，有一次吃饭，校长把一个咸蛋切开，硬要塞给我一半。他是大名鼎鼎的教育权威，对我这样的小字辈却呵护有加！那年我生病住院，老校长亲自坐小车到医院探望，带给我一篮香喷喷的苹果；我更不会忘记，早些年我大情大义地放弃了优越条件的追求者而选择了普通的同事作为终身伴侣时，我的一些学生、同学、同事为我惋惜和担忧，老校长则像父亲那样语重心长地安慰我："按自己的想法走。你放心！我们会培养小刘入党，让他做团委书记。"

师长们，总是我最强有力的屏障和支撑。

读书时，细声细气的苗漳洲老师很清高很小资，但她从未因为我是她的学生而轻慢我；相反，她总是亲切地称我"雪明老师"。有一次苗老师见我提着水桶去洗被单和蚊帐，她有点不相信地问："你会洗吗？"当开心的事实被验证后，可爱的苗老师朝我竖起了大拇指。美丽的苗老师哦，总是悄悄地站在远处向我颔首微笑。

来自上海的贺莎老师的先生是老北中的英语学科组长。优雅的贺老师弹得一手好钢琴。高傲的她对我却特别迁就。那年我带领学生唱《周总理，你在哪里？》，班上一些农村来的同学总是习惯把尾音拉长，站在舞台上的我有时被"反指挥"。很明显，我们的歌唱有不合

节奏之处，贺老师弹奏起来一定会纠结，但老师自始至终都没有责备我们，她宽容地微笑着。

梁灼源老师自然记得我这个害怕运动、容易晕倒的小女生了！老师没有因为我不争气而小瞧我，相反，他总是鼓动体弱的我用锻炼赶跑疾病。我觉得几十年如一日矢志不移晨跑的梁老师有一种可贵的执着。他应该是四五十岁时才结婚的吧？此前他几乎是一年四季与运动场边上的小屋子为家。每年的春秋季校运会，是梁老师的盛大节日，他总是神采奕奕地站在跑道上的发令台前"一枪定乾坤"。

有一次，梁老师对我说，我最大的问题是思维简单。他说如果别人要算计我，只要用激将法就可以的。他说我受不了委屈。我至今不知老师何以此说。

老师智慧地提醒我，巧妙地批评了我。那么多年，遇到困难时，我就告诫自己不可以生气。

老师也会给我斗志的，有天他对很多人说：

"中央电台有个节目主持人的朗诵很像李雪明呢。"

再后来是老师终于结婚而又不尽如人意时，他苦笑着对我说："饥不择食，当然有苦头矣。"

许多年后，每每想起，我都很难过。

我可敬的师长，在我小的时候，我仰望着他们；当我长大，成为他们的一员时，老师们对我总有一种深厚的关爱——他们始终把我当作一个小朋友、好朋友。

老师，您好！

2015-08-09 14:49

星星谣

脖子上挂着小石子飞鸟的我，和星星有缘

　　写星星，缘于今天是传说中的美丽的"七夕"。它与星星密不可分。

　　很小的时候，我就喜欢星星。那时候的天确实很蓝。眼睛一眨一眨的星星，带给我许多快乐。

　　后来上学了，渐渐知道星星和牛郎织女是连接在一起的；人间天上的这双爱侣永远为迢迢星河所隔！除却七夕，他们唯有深情地对望。

　　于是，星星和"七夕"就融为一体了！读了书的我仰望星星时多了一份牵挂和缠绵。

　　读书多了的时候，又知道"七夕"也是"乞巧节"——也很美。

　　斗转星移地，那一年我亲爱的母亲竟然在情深深的七夕永远和我们辞别！我随即惊觉天上多了一颗星星。母亲与我们已是天上人间！

　　星星于我，更多了一份深情和庄重。

　　今天七夕，我不悲。闪闪的星星永远照耀我心。

　　爱，在心里——并非一定要长相依的啊！

　　　　　　　　　　　　　　　　　2015-08-20 07:53

水晶心

Crystal

　　纯真的情怀就像明澈的水晶，风情万种地释放着它的静好。

静气美于花

中心书城签售现场

平和的心情和冷静的态
度是静气。静气比这天书城
里的五彩缤纷的鲜花美。

　　昨天，见到学生华容，这个可爱的铁道兵的后代依然甜甜地笑
着，她兴奋地把手机拿给我看，说是记录了我在中心书城签售新书的
情景。

　　我接过手机，静静地审视自己的言行，很羞愧。

　　年轻人异常惊讶于我的感觉。美丽的大眼睛闪闪着，她急切道：

　　"很好的呀！老师，我保存着呢。您那么大气、自信和从容。"

　　我真诚地回答：

　　"非常感谢你让我看到了自己的不足。你看，发烧的我晕晕乎乎
地、嘶哑着嗓子张张扬扬，很好笑哦。"

　　是的，我想展现自己的坚强、自信，想把自己经历的美丽甚至痛

楚写下的东西告诉大家，能够给别人一点启发、能够引起共鸣，我将无比欣慰；但是我没有就写作而展开，也没有就编撰过程的艰辛而发挥。我只注重于调动场上气氛——本来有主持人，出于对冒着严寒一大早来到书城的师长、朋友们的感动，我絮絮地说着，而唯恐挂一漏万的心情更使自己显得急切、昂扬，有悖于我的美丽的初衷。

平和的心情和冷静的态度是静气。

静气比这天书城里的五彩缤纷的鲜花美。

我一直以为自己很唯美，这段视频，让我照见了我的不足，它将连同这一天朋友们的山高水长的情谊一起永远植入我的心中。

此文发表在近日的《深圳商报·文化广场》

2011-12-24 07:15

新年在美妙的歌声中来临

我喜欢圣诞节

28日晚，华灯初上，大气典雅的深圳音乐厅座无虚席，来自大洋彼岸的纽约交响乐团"以其百年历史，精湛水准和饱满灿烂的纽约之音"赢得了满堂彩。我和好朋友明文以及在场的观众被"恣意昂扬，优雅细腻极富现代感"的风格所陶醉。

我们向远方的客人报以阵阵热烈的掌声。

美国人的率性在纽约交响乐团的演出中可见一斑。"出国演出"的他们的演出服居然可以不统一。女士中，有人一袭裙装；有人则穿着潇洒的西裤。尽管是均等的黑色，形式却不拘细节；甚至有人华发满头却不染不烫。

在掌声中他们的脸上写满快乐，甚而有人乐不可支；但演奏一开始，美国人的认真、刻板则令我们肃然起敬。这是一个诙谐、活跃、崇尚自由又绝对较真的群体。

当这支实力雄厚、冠盖群雄的队伍奏起我们美丽的《瑶族舞曲》和辉煌的《红旗颂》时，掌声雷动中我想起了"乒乓外交"，想起了坚冰打破后，两国人民的友好往来。

历史，常常在关键时刻有一个拐点！

在美妙的音乐声中，我听到新年的脚步声。

亲切热烈的掌声，让来自远方的异域的音乐家们开怀一笑。音乐确实没有国界；而人类共同的心向往之的祈愿当是世界安宁、和平与幸福。

2012年，您好！

2011-12-31 21:03

心碎的美

吻香

我终于鼓起勇气去看《金陵十三钗》。对于虐杀性的影视片，我有一种抑郁和恐惧，因此，我一直没有看过《南京大屠杀》。

《金陵十三钗》的情节其实非常简单：

1937年，南京一群教会女学生被日寇追击，几个负伤的国军官兵奋力用生命杀开一条血路掩护孩子；而秦淮十数歌女慨然顶替孩子们悲壮奔赴日军司令部的死亡之约。

这部影片，特别塑造了在那个特定的时代背景中逃难的青楼女子的"情义大于天"的行为。身份卑贱的金陵歌女，在国难家仇面前，没有"不知亡国恨"，更没有只会"唱后庭花"。她们说：

"我们一向被视为无情无义，这一回要做个有情有义的人！"

在血与火的光影中，这群艳丽的女子身藏利刃，慷慨赴死！

坐在静静的剧场里，耳闻爆豆般的枪声、目睹婀娜的倩影，我的心碎了。

2012-01-19 10:26

环保，刻不容缓

前几天，小区里的保安很忙，他们要把树上的小灯笼一一取下，装到麻袋里。这些年，成堆成堆的纸灯笼就这样被当垃圾处理掉。

以前，当我看到满树的红灯笼有一种喜悦，再后来，年复一年的挂起取下又扔掉，我开始快乐不起来了。

喜庆的灯笼，确实给我们带来美妙的感受。它的高高挂起，昭示着吉祥、如意和幸福。然而偌大的社区，几乎每一棵树上都挂满了灯笼，浪费人力不说，要浪费多少纸张啊！

春节，到人民公园看月季花。万绿丛中，有美丽的鲜花，也有赫然跳入眼帘的小红灯笼——它们没有出现在每一株树上，只集中在某一两棵树里，却同样喜庆；而且更为引人注目。重要的是，这样环保。

在深圳的很多大街小路，电线杆上挂起串串灯笼，我的忧虑多于快乐——太浪费了。无需每杆必挂，可以相隔一段挂的；甚至集中在某一路段也行啊。

我们总念叨环保，其实，细节决定成败。

2012-02-09 11:05

坚守美丽

看到《深圳晚报》的消息：

五名深圳建筑工人在无车通过的路口安静等红灯被网友抓拍。

19日下午4时许，在深圳福田区的一个红绿灯路口恰逢红灯，马路上没有任何车辆经过，但是5个戴着或拿着安全帽的建筑工人仍在等红灯，没有横穿马路。

该微博一天内引网友3000多次转发和评论：

再现亦然如是　黑暗太多，点燃文明的心灯最重要。

谁是心灵净土　细微之处见素质。

　　么水兽　这一排人的照片比"那些年我们一起追的女孩"演员坐一排的海报还美。

　广东李曼　美好的国度需要这种自觉的遵守。

　老古城堡　我敢说大多数建筑工人的素质，比受过高等教育的人的素质还好，他们不偷不抢，人也很友善，默默地为我们的城市的发展而努力。我尊重他们。

远离的梦想	人人都这样，就会很少事故，做事肯定也很有责任心。
韩 秦	在当下，这个形象远比开豪车违章到处炫耀摆平一切罚单的精英老爷达官贵人们高大。
凌晨要饭	杭州什么时候能看到这个场景，"文明城市"才有一丝希望。
Wwff1002	感动，平凡更显得伟大。
仙人掌网	力挺这些城市里最可爱的人。

虽然，现今社会还有许多令我们不齿的行为，但我们欣喜地看到，坚守美丽者依然众。

如90后大学生，武汉理工大学华夏学院刘普林，给做环卫清洁工作的妈妈扫大街的事，温暖着我们。

坚守，我们心中的美丽！

我愿意。

特别提示：

2015年8月4日，深圳交警对闯红灯者实施"戴帽执勤"的措施。详见《南方都市报》的报道。

2012-02-22 15:46

我知道，熊会痛！

"归真堂"给活熊取胆液的事曝光后，闹得纷纷扬扬。媒体记者对主角的一方说：

"你怎么知道这样做，熊不会痛？"

归真堂的某董事反问道：

"你怎么知道熊会痛？"

对于这个反问，我生气了。

我要说：我知道，熊会痛！

因为，生命会有痛感，有喜怒哀乐。

不久前，儿子朋友家的小狗狗流眼泪了。原因是，有人把狗狗寄养于此。儿子朋友的父亲指着寄养在家的狗狗对客人们赞扬说：

"还是它乖"。边说边抚摸着这新来的小东西。

这当儿，儿子朋友家的小狗狗"花花"居然委屈地流泪了。而当儿子告辞时，敏感、脆弱的"花花"用脚踩着他的皮鞋，舍不得他走。

狗是人类的朋友，它的有情有义是众所周知的。如果说，熊比不上狗，那么，小老鼠呢？

很多年前，我居住的楼里有小老鼠，学校便发"治鼠药"给员工，两只小老鼠中招，它们凄厉绝望地向我求救的眼神令我非常震惊，一直难以忘怀。

这件事让我绝对相信，小小的生灵有丰富的情感，它们懂得痛和快乐。

我还记得很多年前，《参考消息》登过的一则趣事：小老鼠静静地站立在主人家的柜顶上和人们一起看电视。

因此，我知道，"归真堂"取活熊的胆汁，熊会痛！

如此"一派人道"！

我反对。

2012-02-27 16:38

水晶心

守望静好

小文集《生命中的美丽相遇》已诞生三个月了。我有时会想起《深圳特区报》钟润生记者（二毛作家）的话。他建议我"走畅销书"的路，可以试写小说或专立话题。

我笑道："譬如像安意如的《人生若只如初见》那样吗？"

睿智的润生记者频频点头。

感谢您，我生命中美丽相遇的朋友！

如果说，两个月前，我温婉地笑了笑；那么，今天我依然春风满面地告诉大家：我还是写我的小散文。这不仅因为我喜欢它"最亲切、最平实、最透明"。余光中先生说，"它不像诗可以破空而来，绝尘而去；也不像小说可以戴上人物的假面具、事件中的隐身衣。"他还说，散文家理当维持与读者对话的形态，所以其人品尽在文中伪装不得。

是的，"散文易学而难工"。（王国维《人间词话》）

很重要的是，我愿意守望静好。这也是我终于在大家的鼓励下开博客的初衷。我试图以一己微薄之力褒扬爱和美；鞭挞恶和丑。在网上写作以及出书可以说没功更没利。我曾在签售现场宣布：

书不送人，卖不完就捐给山区的孩子。

因为，喜欢我的书的人，会买；不喜欢或不在意者，送给他

（她），就浪费了。

所幸，我的朋友、我的学生、我的师长鼎力支持，现在，几千册书已销得差不多了。

深深致谢之余，我愈发坚定把追随缥缈轻柔的诗意以及随风而逝的浪漫的小文章写下去的念头了。

最近有两件事又深深地刺激着我：一是即将进入香港理工大学读博士的28岁的可爱的医生王浩无辜地被失控的患者刺杀身亡；还有，一名17岁的女学生主动与三名发廊师傅包房同时发生性关系！之后居然能把此事告知男友，而男友则将那三个男人告上法庭——此等乱糟糟的骇人听闻的事令我愤懑、沉痛。我觉得我更不能停下手中的笔了。

前不久，我在微博上写《我爱祖国的蓝天》这首歌对我的影响，有个朋友说："这个世界有点脏，没有资格说忧伤。"我温婉地回复他：

"这个世界有点脏，需要我们把垃圾扫光光。"

与其诅咒黑暗，不如让自己发光吧！

我想我可以坚持。我会守望。

2012-03-30 17:09

谁更幸福？

迎着清明节明媚的春光，我快乐地上了开往市中心的大巴，对面座位上坐着同样快乐的一家三口。

年轻的父亲手里抱着咿呀学语的孩子，有着圆圆的脑袋的孩子手里抓着那个乘车卡，开心地笑着。舞动着的小手一松，车卡掉落地上，温柔、美丽的母亲赶忙弯腰拾起来。父亲安慰儿子：

"别急，别急！妈妈拿，妈妈拿！"

让我忧虑的是，年轻的母亲并没有用纸把掉落的卡擦干净就直接把它送回儿子手中了。

是的，他们很平凡。从衣着上完全可以知道他们也许是农民工。他们应该没有车，大约只是租房而居。他们的举手投足不一定优雅，我并不认同他们的生活习惯。

但是，我欣赏他们的气定神闲的满足，那种无房无车却无忧无虑的幸福：他们用自己的双手换取足以在这个喧嚣的城市立足的薪酬，他们快乐地与这个时尚的躁动的城市一同成长。

我不由想起昨晚的电视新闻：又看到"黄脸婆"打上门来抓"小三"的鸡飞狗走的乱糟糟的场景。我已厌倦这种街谈巷议的旧闻，因为它把我的快乐弄丢了！幸福真的与金钱无关呢。

我边想边目送眼前淡定自如心欢喜的一家三口走下车门……

种瓜不会得豆

题记：无论风云如何变幻，无论世事如何难以捉摸，我依然故我。我已经学会在纷繁的乱象中把握善意和真知。我很欣慰自己不再轻率地想当然或人云亦云。

是的，种瓜应该得瓜，而不会是豆。谁能否认呢？

前两天，我在新浪微博写了自己的儿时的憧憬。不会画画的我，小时候却每每喜欢涂鸦一群小松鼠，它们寄居于我设定的一棵大树上：快乐地歌唱，欢乐地舞蹈，亲热地聊天。我记得自己还在大树上画了小松鼠们上下的台阶；大树旁还有它们欢笑嬉戏的若干场所。

呵呵，若我能保留这些本真构思的"乱涂鸦"，自当弥足珍贵啊！因为它寄托了一个孩子对爱和美的憧憬。小松鼠本身是多么可爱啊！

我出生的年代是共和国建国的早期，还没有电视机和洗衣机，生活物质的匮乏却没有影响我的童年的快乐。

我从连环画、歌谣、电影中获得大量爱和美的感性知识。

我的青少年时代，是一个激情燃烧的岁月。父母工作的地委机关的礼堂里有人慷慨激昂地讲述《红岩》的故事时，小小的我已读完了

那本让我萌发崇高信仰的小说；《十万个为什么》则图文并茂地展示了"科学家谈21世纪"的瑰丽未来，它鼓舞我学好本领、建设祖国；当我走上讲台，成为一名光荣的人民教师时，朝鲜的功勋教师金寿福的《一个女教师的日记》更适时地激励我忠于职守，让我牢记"教师的举手投足会潜移默化地影响自己的学生"这一金科玉律。

怀揣理想，一路走来。

因此，无论风云如何变幻，世事如何难以捉摸，我依然故我。我已经学会在纷繁乱象中把握善意和真知。

前不久我在回访博友时，看到他写江青对电影《闪闪的红星》的一些正确提示并由此生发的议论。我是这样和他交流的：

我们可以心平气和地讨论问题，不必担忧被扣帽子，感恩这个美丽的时代！对历史人物的评价，我自己力求客观公正不偏颇；而历史人物，真的需要历史去考量。普通百姓的我，只能从一些史料上去分析，无论林彪还是江青，功过自有历史评价。作为曾经的知名电影演员的江青，对某部电影提出一些可行的甚至有建设性的指导意见，也是情理所在，我相信。

我很欣慰自己不再轻率地想当然或人云亦云。

"文革"的伤痕让我们记忆犹新，其实，又有多少人能真正去反思自己在那个动乱中的表现呢？即使小小老百姓的我们，又有谁去思量自己的"恶"和"丑"的迸发会给"文革"的错误起到推波助澜的作用呢？有一个不容忽视的例子：电影《阿诗玛》中美丽的女主角杨丽坤不就是被一些人逼疯的吗？

在我们欲大声疾呼时，我们是否先冷静想一想，我们到底应该怎么做更有利于我们的国家呢？因为要让祖国繁荣昌盛，你我义不容辞。

2012-04-13 14:04

花儿只为春天开放

题记：我觉得：负面的东西多，人会傻。

花衣服配上黑裙子就不花了

美丽，让我们心向往之。

播撒邪恶的种子，不可能有芬芳的收获；善美的鲜花，专属于春天。

例如：

杭州西湖之所以让千山万水终难望其项背，不仅仅因为有婀娜的柳和妩媚的湖；还在于它有感天动地的人和事。

又例如：

前不久的名为"五月的鲜花"的全国大学生的校园文艺表演，让我们怦然心动，不仅仅因为花团锦簇，还在于年轻人壮丽的青春之歌感染了我们！大学生们"不忘雪山草地"而怀揣理想"学习雷锋好榜样"的歌声在我们的心中激荡；舍己救人的长江大学"10.24"英雄集体誓言今生让红旗不倒……这台节目，深深打动我们。

一个月前，在朋友的聚会上，我认识了《深圳晚报》文艺部的曲作杰副主任。温婉、美丽的她热情邀请我参加他们策划的"善美童心工程梦想计划启动"仪式，没多久，认真的她还专程上门来和我谈理想，激动地絮说他们的丁时照总编辑对活动的关注、支持，她也因此一直为此奔走劳碌。

我不能推辞奉献爱心的活动。虽然次日一早我就要飞往杭州，行装未整；但我毫不迟疑准点到达活动地点五洲宾馆，几乎最早在纪念板上签名。

市文明办、市"关爱办"和深圳报业集团等单位通力支持"首彩爱心慈善基金"的活动。深圳市慈善会首彩爱心慈善基金源自于深圳市首彩葡萄酒股份有限公司。其前身是公司内部成立的首彩爱心基金。从2006年8月开始，深圳市首彩葡萄酒股份有限公司及其旗下百事活酒庄有限公司，一直秉承"感恩、求真、崇善、向美"的企业慈善理念，每卖一瓶红酒就捐出一块钱，持续帮助社会上不幸的个人和困难群体，积极参与各种形式的社会慈善救助工作，如：参与"5.12"汶川大地震救助、海地地震救助、内蒙古白内障儿童救助等等。

我参加的这个"善美童心工程梦想计划"的启动仪式，主要是救助贫困地区先天性心脏病的儿童。我应允在需要时、在我的时间允许的情况下，给基金会书院的孩子们上课。

人生转瞬而逝，在有限的生命中，参与让生命永恒的有价值的活动，多么美！

只有置身于美丽中，我们才可能更美丽。

这也是我一直鼎力支持美好的、正面的事物在我们的面前立起来的初衷。我觉得负面的东西太多，人会傻！曾经，外遇、婚外情一度充斥电视和银幕，以致让乱的社会更乱；而"宫斗"片的轮番上演，也使身心疲惫的人们的心灵照不见阳光——郁闷、阴暗的心田岂能开出善美的鲜花？

我喜欢诸如《浪漫满屋》、《老爸驾到》、《小菊的春天》等等可爱、温暖的电视剧。

回首我们走过的路，正是善美的歌声、书籍和电影伴随我们迎来美丽的春天啊！

在清晨的第一缕阳光照射到窗前时，我写下这些。我深信：

有了美的导引，"一个社会才可以延伸出一些悠然的风华"来。

2012-05-10 11:20

匆匆一瞥的感动

近日，我随"深圳市海外旅行团"的安排走马观花地游历了东欧四国：德国、捷克、奥地利、瑞士。

匆匆一瞥，也留下许多感动。

最眷恋异国他乡的美丽云霓迤逦在天边，最喜欢快乐的青草在四野歌唱，最难忘可爱的小花在风中舞蹈……

如此诗意、曼妙！

当飞机进入德国上空那一刻，正是美丽的朝霞满天时，玫瑰色和深蓝色以及浅蓝色相间的层次分明的云空瑰丽多娇！我难掩内心的惊喜，俯视越来越清晰的地面：只见广袤的原野中有小格子似的房屋、农田，有一簇簇的茂密的如大象似的绿色灌木，有明镜似的水路。

如果说，我真切地感受到地大物博、房屋稀少的舒坦、大气的话；那么，更让我念念不忘的是后来看到的是这些有着红色屋顶的浪漫小屋的美丽和精巧。多年前，深圳高级中学爱我的学生们送我一幅他们亲手拼接的图画来表达对我的祝福：

那是在林中的开满鲜花的一个小木屋。

而今，如图画一样美好的小屋子真真切切一座座地矗立在我的面前：

窗前门后开满鲜花，写满诗情和画意。

无论城市和乡村，这里的居室都如此鲜活、美不胜收！

面对这尊尊瑰宝，我只能远观。距离更让我展开丰富的想象：

我捉摸着小屋子里的布局和装饰，假设各种诗意的美。

我相信——美，应该是由内而外的。环境是由人创设的；能够缔造美的人，内心应该柔和并丰美。

是的，我和他们语言不通、习俗不同，但我们互致微笑、颔首礼让。高速公路上，风驰电掣般开车的欧洲人在马路上却显得平稳有余。尤其是遇到行人过马路，他们一定主动地耐心地停下来等候。

我感动于这些看似小小的善意。是的，它和展露在面前的美是一致的。

我一直推崇——美与真、善的直接关系。

自然美即本真之美。而欧洲在自然环境上的美大概如是。高速公路上的隔离带都是原生态的青草以及探头探脑的小花；不是我们人工栽培的整齐划一的花圃。对比之下，非自然美给人刻意雕琢的漂浮！无论如何仪态万千，它到底是矫情的呀；相反，遍地的青草以及星星点点的小花儿尽显纯情的安静和磊落，出神入化。

让我怦然心动的还有异域者对环境的神圣的守护：

他们不但小心翼翼地保留着祖先古老的石头路；而且不离不弃地维持着我们很多城市业已摒弃的路轨电车；他们没有对房屋肆意装修，更没有大面积地开发土地。

一切都呈现出原生态的本真。

美，油然而生并因此感动着我。

2012-08-03 21:50

英雄大美

　　《黑狐》是我近年来继《延安爱情》之后，用最快速度追看完的电视连续剧。

　　欣赏的过程很美，很励志。

　　《黑狐》主要描写在民族存亡的危难时刻，潜伏在国民党内部的中共特工的英勇卓绝、前仆后继；以人性化的笔触，讴歌了共产党人和国民党内部的进步力量以及社会各类抗日志士"枪口对外"的生动画面。在宏大的历史事件中，主、次人物的命运和情感纠葛。

　　我觉得全剧从"义"和"情"落笔。即民族的大义和手足、夫妻、朋友之间的深情。"义"是统领。

　　廖思成、俞梅、李长城等共产党人为民族大义无私无畏、英勇捐躯的壮举感动着荧屏内外。国民党特工精英方天翼追随大哥廖思成毅然参加新四军的情节令人信服。不需要太多的生硬的政治铺垫，"打鬼子"的大义和替大哥、替爱人雪恨的初衷在血与火的战斗中就让信仰得到升华，并牵动着王富贵（王连长）等国民党官兵。

　　王富贵这个角色也塑造得血肉丰满。他一开始的小小贪念，更显出其真切无华的个性。他和王文渊、许二柱、刘根彪等"黑狐突击队"的队员们的形象活灵活现，各具风采。

　　方天翼是黑狐突击队的灵魂。他自信、勇猛、果敢却不鲁莽。智勇双全的他加盟新四军后，更迅速成长为打击侵略者的骁勇猛将。他的身手不凡、他的武艺高强、他的过人胆识让其老上司戴笠也不得不高看他三分，不得不格外器重之。当方天翼和战友们被百倍于其的日本鬼子围剿时，戴笠只说了一个"救"字——即刻，国民党部队不惜代价出手援助危情中的新四军的黑狐突击队。

国共合作史上的佳话永不磨灭！民族危难之际，两党一度握手言和而枪口对外。电视剧美丽展现了尘封的历史。《黑狐》正因为有了这一笔，"义"字才更突出，也更显大气磅礴。

如果说，廖思成、方天翼有情深似海的兄弟情的话，那么，大岛由美和廖思成乃至山口一男的男女之爱则让我感佩万分。

《黑狐》的人性化的情节的体现之一是对大岛由美的塑造。这个美丽、优雅的日本姑娘参加了"反战同盟"，并且成为了共产党人。在血雨腥风中，她站到了她的爱人廖思成的祖国的一边，和中国人民一起抵御日本侵略者。最终，生死关头，廖思成用血肉之躯替爱人挡过了日本特务用毒液浸透的子弹而英勇牺牲。

山口一男，这个终生追求大岛由美的日本大佐，也因为要救助由美决然手刃同伙而身中数弹！山口一男的殉情和"义"还挂不上钩吧？但这个阴郁、凶残的角色在殊死搏杀中的一瞬激起的人性美的火花，则深深警示着侵略战争的可悲、可恶和泯灭人性。

《黑狐》的成功之处不仅在于"绝美的情节设置，精彩的激战场面，不容喘息的快节奏，凄美的感情纠葛"；也在于它的气贯长虹的英雄之美。除了主流力量，还描写了社会各阶层人士同仇敌忾，支持抗日。"上官兄妹"是其中出彩的一笔。

《黑狐》，尽显英雄大美。

2012－09－16 21:07

今天是我的生日

牵牛花向我走来

关于生日的记忆，大多是来深圳之后的。因为孩子尚小时，特别繁忙，无暇顾及；同时那时内地人的生活，大约还和"浪漫"相距甚远。

那年那月那天是周一。升旗典礼上，唐校长神采奕奕地宣布：

"今天是中国人民志愿军赴朝参战纪念日，让我们鸣钟谨记！"

我站在教师队列里，快乐地笑出声来。

悠扬动听的钟声响起了！呵呵，今天也是我的生日，全校为我庆贺生日呢。

那天，我偷着乐。

刚来深圳时，我和先生各自早出晚归。有天晚上，他带回六朵玫瑰，我才记起明天是我的生日。

他说："你喜欢'六'，谓之'顺'；祝你的一生顺顺利利，平平安安！"

记得次日早晨我快乐地把这六朵吉祥玫瑰带回学校的"小草文学社"了。

2007年的深秋，我随他飞赴厦门。飞机平稳飞翔蓝天时，空姐送来当天的《深圳特区报》，我赫然看到自己的小文章《走过如花的岁月》登载在这天的文学专版上。它是我的第一本小文集《心海如花》出版后的感怀。

在万里长空中，随手拿起一份报纸，惊喜地发现自己书写的美丽情怀——

如此，岂止是一个"美"字能涵盖的呢？

这样的生日礼物，实在称得上豪华和美丽的。

2012-10-25 06:42

今天是个好日子

早晨醒来，还在想着几天来让我感怀的可敬的流浪汉：

他在自己贫困潦倒的境遇中拿出一枚带着体温的硬币来接济刚丢失钱包，身无分文而急于坐车的人。

一枚硬币，很多人会不屑一顾。但一枚硬币对于生活在社会最底层的流浪者，分量不轻。在别人急需帮助时，他把自己很重要的财富献出来。这是善心，善行。

我的心暖暖的，虽然窗外——深秋的风有点凉。

阳光，从轻柔妩媚的窗帘的缝隙中扑闪进来。我随手拿起床前昨晚未来得及读的报纸，一眼看到公益周刊栏目的《亮光》文：

向着光的方向，一路都是好风景。

……很多人被固有思维所围，就像一面被灰蒙住的镜子，不能反射别人的亮光。我们希望通过这些创意公益活动，擦亮每个人的镜子，能够反射别人的亮光，更让自己成为光源。

……

日前，扬州大学附中高一（2）班学生徐砺寒骑车上学途经瘦西湖新天地附近时，不小心剐蹭了路边停放的一辆私家车。车主不在，砺寒同学在原地苦等20分钟，留下一张字条：

尊敬的苏k×××车主，我是扬大附中的一名学生，在今天上午上学途中不小心弄坏了您的车。主要是一划痕及左后视镜，我无法及时赔偿，联系方式……对不起！

报道称，诚信感动网友，车主放弃追责，还上网发帖道：

今天发生在身边的这个小经历，让我结结实实地感动了好久。孩子，谢谢你，你让我们这些被尘俗污染太久的大人的心灵被好好清洁了一回。

诚实、善良，勇于担当！绝不推卸责任和过失的态度和那些伪善、丑陋，文过饰非、逃之夭夭的人相比，可谓泾渭分明。

如果整个社会盛行此风，将是怎样的美丽？

真好！今天，我看到的都是正能量。拿起第二份报纸：

看《孝女彩金》首映

彭彩金哭完全场

电影原型兴宁女孩彭彩金今年6月考上华师

——几行大字

彭彩金幼时被贫寒的养父母收养并取名。她11岁时养父摔伤瘫痪，养母一直残疾。在养父母最困难时，懂事的彩金放弃了回到亲生父母身边的机会，留下来照顾老人，用小小的瘦弱的双肩挑起家庭重担，细心服侍父母，直到他们先后安详辞世。

这件事被拍成电影《孝女彩金》。2011年10月20日，首映礼上，彭彩金在广州第一次观看了以她的真实经历改编的电影，她的眼泪汹涌不停……

可爱女孩的事迹让我们不敢再说自己有苦、有难啊。我们每个人的生活都或多或少的不如意，比比孩子，我们的困难算什么？最重要的是：11岁，正是孩子们在父母怀里撒娇的年华呢。女孩彩金用感天动地的行为告诉我们什么是"感恩"，什么是"坚忍"，什么是"顶天立地"！

今天我看到的、想到的、听到的都是正能量。

今天是个好日子。

2012-11-13 17:25

李玉刚和他的《四美图》

我其实不喜欢男扮女妆之类的演绎。

但中国歌剧舞剧院国家一级演员李玉刚的出类拔萃的表演，不由我不震撼。在深圳大剧院的那个夜晚，我被打动了。

因为美。

美在奇妙：西施的娇俏、昭君的端庄、貂蝉的灵动、杨贵妃的华美——全都由英俊倜傥的男子汉李玉刚再现。不但是真真切切的丽人倩影，更兼具声情并茂之婉转歌喉矣！虽然我心底里一次次地告诉自己：舞台上的美人，真的不是女人。

但是面对举手投足、一颦一笑超越女人的男人，不能不服。这是何等技艺？

因为，成功演绎沉鱼落雁闭月羞花的四位中国古典美人的男人，有几许？

既歌且舞又有情节。“西施浣纱泛舟”“昭君出塞和亲”“貂蝉拜月戏影”“贵妃花间醉酒”——四个美丽了华夏上千年，丰富了炎黄子孙无穷想象力的仙女般的女子，被一一如诗似画般地展现：

在于李玉刚的非凡技艺；

在于歌舞诗剧的优美结构；

在于精巧的舞美打造。

　　我特别欣赏反复出现的美如蝉翼的画屏。那是饰者与美人的对话。淡淡的诗意的山水画般的屏幕在舞台上拉开了，幕间展示着李玉刚吟诵的追问美丽的精巧的现代诗；灵动着李玉刚的英俊身影并婀娜着美人的嬉笑怒骂。

　　真实的男子汉李玉刚与之饰演的袅袅婷婷的美人互问互答。拉近了历史与现实的距离：美，近在咫尺！它其实一直在绵延。因为美的感召力无与伦比。

　　屏幕与舞台交相辉映，"寻找美"与"美的再现"此起彼伏。美轮美奂诗情画意尽情地充斥着我们的耳边、眼帘和心田。

　　歌舞诗剧《四美图》用美的场景、美的音乐、美的舞姿、美的结构、美的主旨告诉我们：

　　美是短暂的，又是永恒的。

　　美是一代人的创造，又是历代人的承继和发扬。

　　再次用掌声感谢美的使者——李玉刚先生和他的同志们。

　　感悟：我在昨天（平安夜）匆匆写就的小文章，一下得到那么多朋友喜欢，是因为大家欣赏李玉刚啊！我刚到微博上看了，仅仅一天就有六十多人转发了！

　　艺术是属于人民的。

2012-12-24 16:20

恬淡也是钢

前不久，看到这样一篇教育小短文：写一个小女孩参加夹筷子比赛的游戏大获全胜之后的淡然。文章旨在说明培养孩子淡然荣辱得失的品质。

我非常喜欢并欣赏此文。

我觉得：女孩儿不轻狂、不炫耀、不一惊一乍地哇哇叫嚷，能够沉稳大气、不卑不亢的美是胜过天仙的呢。

很多年前，也看过一篇文章，作者以儿时往事来透视昔日同窗的笃定。暗示美丽的奥秘。

她说，孩提时自己的新裤子被淘气的小伙伴踢一脚后留下脏兮兮的印痕，会气得大哭，一点点的小委屈也常常满是忧愁和气恼……

毕业时那张全班同学的合影，C同学站在第二排边上，裤子膝盖上的补丁赫然可见，但美丽的她淡然地注视着前方，微笑着。

相比自己裤子上小小印痕之后的惊慌和气恼，C同学的恬淡令她无比羞愧。

再后来，长大后，这个城市的电视台美丽女主播的温婉、亲切的声音常常回响在每一个角落——她就是当年那个不慌不忙地微笑着望着前方的小女孩儿。

优雅常常无敌。

2013-01-06 17:47

广州，我喜欢你！

一直以来，我都很喜欢广州。

小时候，觉得它大而美。虽然怕汽车的我很不习惯它的车来人往的熙熙攘攘。

我还特别喜欢广州人说广州话时那个动听的尾音。

最近，我常住广州美丽的珠江河畔。我的可爱的小房子在中山大学北门一隅。站在阳台上可以望到江面上的游船，与"半岛游艇会酒店"只几步之遥。

年前，同学聚会羊城，我在此住了一周。没带小电脑，和邻居讲了讲，年轻人爽快地让我到他家迅速敲打下一篇博文。他的小狗依依不舍地送我出门。

与大学相邻，这座优雅的复式楼房的主人很多是与中大有渊源的，也因此，它的名字叫做"大学印象"。

喜欢广州的理由是广州人的友善、热忱。

进出大楼的院门，人们往往谦让着。很温暖地记得那天一位女孩的母亲用专门钥匙按了门锁后，微笑着让我先走。

很多人微笑着问我：

"您是新搬进来的吗？"

一位教师模样的女人详尽地回答我关于小板凳在哪买之类的话

题，我离开电梯后，她还把门按住，再次嘱咐我地址。

昨晚喝夜茶，我请服务员上一盘邻桌要的"番薯叶"。邻桌大叔呵呵笑道：

"这个季节，当然吃番薯叶好了。"他的友好和隐隐的洋洋自得是典型的广州人的样子呢。尤其当我问及他们吃的那碟香香的圆圆的东西是何物时，大叔开心地发出邀请：

"呵呵，是顺德鱼饼。你来尝一块吧！"

我迟疑了一下。他大笑：

"哎呀，过来吃一块！很高兴啊。"

却之不恭。在先生诧异的眼光中，一向矜持的我毅然走过去，夹起一块鱼饼，香香地嚼起来。

刚才，我的电脑上不了网，查询到"丽影广场"附近有联通网点，我背起手提电脑，到候车处问路，几个人争相告知我，一位男子汉爽朗说：

"你跟我上车吧！我也去丽影广场。"

上车落座后，几个站过去，这位可敬的男人专门走过来对我说：

"下一站就是丽影广场！"

……

2013-05-13 16:14

启迪

　　题记：屹立不倒的精神堡垒是由信念、信仰支撑的。

　　早就听说开平碉楼不凡，但一直认为那些高高大大、平平直直的楼宇大略没有什么美感，因此迟迟未去看看。

　　两个月前，看到它，才发现有许多独到之处，尤其是南楼，因了七勇士的史迹。我很震撼。

　　亲临这尊有壮丽故事的、弹痕累累的碉楼，我肃然起敬。

　　南楼，伫立在潭江之滨，与隔河的北楼遥遥相对。是一座古式碉楼，为钢筋水泥建筑，楼顶设有探照灯，居高临下，俯视四乡。布满枪眼，用来防范民间大盗的它，在抗日战争时期发挥了保家卫国的作用。

　　南楼七勇士是赤坎镇腾蛟村的司徒氏抗日自卫队队员。在那场惨烈的战斗中，七名队员坚守八天九夜阻止入侵的日寇大队，终因弹尽粮绝，遭日军的毒气弹熏昏被俘后几经严刑拷打而坚贞不屈，英勇就义。

　　唉，吾生于斯的南粤本土的英烈的刚强、勇敢、无私、无畏深深打动着我。人世间，壮丽的人和事比比皆是也！

　　一个人最大的事莫过于生死吧。慷慨捐躯自然为精神、信仰所指引。

对比五光十色的物质，生命的昂贵不言而喻；能够献出生命，当是超然物外者也。

拥有丰富的精神世界，才不会为外物所役使；不被纷扰的世界所诱惑。

而屹立不倒的精神堡垒是由信念、信仰所支撑，因此，宠辱不惊，得失随缘；更兼抛头颅、洒热血而在所不辞。

今天，血雨腥风或许成为历史，但美丑犹在。

忙着搬家的我昨日喜逢多时未遇的同样忙着搬家的挚友紫仪。一年匆匆掠过。不是"一朝"，而是"一年"被蛇咬的紫仪风采依旧。

纷扰紫仪的那个女人在春天里又盗取了她的水晶吊坠表、珍藏的书籍及重要笔记，捻碎她的美丽胸花蝴蝶和玫瑰花发夹。

如果说窃取他人的钱财、首饰和衣物是贪婪；那么，毁人照片和物件，则是恶毒了。

面对挑衅，我的善良温婉的朋友在惊诧、愤怒之后保持一个平和的甚至微微喜悦的心态，负面的东西反过来促使正能量的增长、壮大。

因为她深知，这样的人没资格言爱。

爱一个人山高水长，绝不烦扰他（她），绝不让其陷入尴尬与不齿里。

我赞同挚友的观点：蔑视卑鄙，远离小人！因为"夏虫不可语于冰"。

安然于心，尽享岁月深处的静好，是因为拥有丰盈的、宝贵的精神园地。

2013-07-02 16:55

做自己

敬仰青青竹子

前天上午，收到手机尾号"9031"的短信，说他在给朋友"空中充值"时不慎把50元充到我手机上了，还说其朋友的手机号码和我的相近云云，最后请求我把50元退还给他，并说：

"当然，您若不退，我也没办法。"

先生提醒我："不要理睬他，一定是骗子。"

忙碌中的我来不及查询情况，匆匆回复他：

"我下午去移动营业大厅那儿查询办理。请放心，属于你的一定归还你。我非常忙，握手！"

但下午忙不过来，我又告知他，明天上午一定抽空去办理。

对方马上又发信过来。

我思忖年轻人不容易。他似乎很在意这事，于是再发信安慰他"放心"。

昨天上午到移动营业大厅查询确有50元存入我手机，便请求工作人员将其返还，她微笑着答："不能退。"

我旋即在大厅的有关操作机器上将50元存到对方手机上。

谁知回到家里却收到10086方面的短信通知，说我此前收获的50元已被取消。也就是说，我白白存给对方50元了！

"叫你不要管他，你不信。就是骗子嘛。"先生责怪我。

我马上打电话给那个方才还称我为姐的人。他在那头一迭声地解释：

"不是这样的，不是这样的。怎么会是这样呢？我当时以为拿不回钱，请求运营商方面帮我注销。昨天下午还说注销不了的。阿姐，我一定还你钱。值得为50元骗人吗？又不是5万元。"

我回他：

"不是钱多钱少的问题。如果不是自己的，5万、50万、500万都不应该拿。"

我不信邪，转身下楼，再去找那个帮我办理业务的小妹。在电梯里遇到邻居、公务员秀霞，她一听，也生气地说：

"骗子，骗子！让他把钱拿回来！"

疑惑的我匆匆来到营业大厅和那位工作人员一说，她愣了愣说：

收到这样的信，十个人有九个是不会搭理的，您很善良。

"我很认真。"我点点头说。

工作人员用我的手机和对方通话，她记下了营运商方面的电话

号码。

我对她和她的同事们说：

"如果大家都不诚信，社会很可怕。我坚持做我自己。"

年轻的人们全都微笑着。

"阿姐，营业厅的人说会重新帮您冲（充）值到您的手机，我决（绝）不会吃您50元钱。"（8月2日11：47：23）

于是，（8月2日11：57）我回发对方如下短信：

"不是钱的问题，是诚信。没有诚信的社会太可怕！移动方面说，一般人收到你这样的信，不会退钱给你。但我是诚信的人，相信你也是。"

他马上（8月2日12：02：10）回我：

"是的，所以谢谢您！我绝不会让您害怕，也不会让讲诚信的人吃亏！！"

他用了两个感叹号。

……

下午，一点左右，我收到10086方面的通知，我的手机被存进50元。

OK！

……

2013-08-03 08:36

镜子

风起时分的冬夜，本来人就不多的小区的幽径更加寂静。

我来到就近的活动点练习旋转以治疗疼痛的左臂。几乎是在我开始并不轻快的运动时，一个大约三岁的男孩向我跑来。

我有点意外，这么凉的夜晚，还有这么小的孩子在这里快乐地徜徉。

"我不会转。"小小人对我说。

"我也不会！我很笨呢。"我快乐地应他。

柔和的灯光下，惊喜地看到他的头是圆圆的，眼睛也是。

小朋友靠近我，学着我的样子背对着那个小转圈，小手轻轻地晃呀晃。

小可爱见我望着他，忽然兴奋起来，指着旁边的滑梯，对我说：

"我要上去。"

"小心点，不要摔着了！"我赶紧跟着他，一边朝路那边望：孩子的父母远远地微笑着，注视着我们。

我东一句西一句和孩子交谈，知道他2岁7个月大。但听不清他说的姓名。

他的年轻的父母终于轻轻地呼唤着：

"宝宝，走了！宝宝……"

小小人听而不闻，继续在我面前展示他爬上滑下的英雄动作，甚至还调皮地作出要从高处往下跳的样子来吓唬我。看到我紧张阻拦他时，小家伙得意地呵呵笑着。

呵呵，小可爱，太逗了！我开怀一笑。

小朋友的父母终于等不及了，走过来，他们说：

"孩子和您有缘。"

"看见他，我想起我儿子小时候了呢。"

……

我们快乐地轻声聊着。小可爱更加开心了！他在爸爸的帮助下在塑胶地板上翻筋斗。

"孩子喜欢您。"俩年轻人说。

"我也喜欢他——快乐，阳光。"

我和孩子一家依依惜别，相约明晚再见。

凉风扑面而来，我的心却是热的。

我一直认为，孩子是父母的一面镜子。

小朋友很幸福，因为有懂爱的父母。几乎可以断定，两个年轻人给予孩子充分的爱和自由。当他们的孩子快乐地向一位陌生人靠拢的时候，他们没有横加阻拦，而是远远地观察着，不打扰孩子，不破坏他的快乐心情。他们友善地与人相处的行动一定会深深影响着孩子；而与我美丽相遇的这个小小人，在不久的将来一定会成长为一个伟岸的男子汉。

因为他是那样地好学、友善和勇敢。

祝福你，孩子！

2013-11-29 18:00

禅是一枝花

题记：禅，很美。

严冬里，静静地等待花开

学习佛法，沉静自己、缩小自己、观照自己就能恬淡安静，在波涛汹涌的人生海洋中谦虚、沉稳、从容不迫。

把头抬起，把心放低。

不雨花自落，无风絮自飞。大约这就是禅，要义在于机变。一切都自然而然，如云在天上飞，水往低处流般。

如此，怎不是一枝花？

人生若如行云流水般回归本真，从容淡定，就是花了。

都说生活是海，人乃一叶扁舟。实在的，惊涛骇浪总是多于风平浪静时！当无名的烦恼、失意袭来，唯有让心灵变得博大，空灵无物地犹如倒完了烦恼的杯子，便能恬淡安静。

由此可知，主宰人的感受的并非风浪本身，而在于心情。换言之，如果心气高远，便可不断超越。向自我挑战！即使前方扑朔迷离，也会有云开日出的一刻的到来。

十多年前，意气风发的我顺利通过校长的面试，来到深圳市那所被誉为"紫色城堡"的美丽学校。不料学校某中层领导处处为难我，甚至还把我参加科研处活动的公开的照片涂抹了。非常愤怒的我没有暴跳如雷，而是从自己身上找原因：

是的，初来乍到的我得到学校的"一间午休房"的特殊礼遇。主管学校重要工作的她不知道这是坚守午休的我投奔这所学校而向校长提出的唯一条件，因此她对我坦然接受特权很恼怒；而骨子里不畏王权的我也偏偏看不惯她的颐指气使，这就让事情走向了不协调的地步。最后她泄私愤不接待我介绍的母校参观团，我当时不屑地大义凛然地迅速挂断她冷然讥讽的电话。

此后，我冷然面对她。直到有一天，她大权旁落、悄无声息地蜷坐在办公室一隅时，我却大声地招呼她，记得她非常诚恳地站起来对我说："李老师的个性我佩服。"

她的谦卑的举动与此前大相径庭，让我感动。后来，我在书城签售第一本小文集时，特意邀请她参加。而她也携即将进入大学的女儿来我的办公室征询有关报考的建议。

呵呵，我们也许算不上朋友，但至少相安无事了。"和"为贵也！

"竹影扫阶尘不动，月穿潭底水无痕""人与人之间相处，应该缩小自己，开阔胸怀，让自己可以走进别人的眼里，甚至进入他（她）的心里，而不刺伤人"。（证严法师）或者说，这就是以柔制刚吧！

云海茫茫，天地苍苍。回眸过往，恬淡才是美才是钢啊！。

想起一句话"冲动是魔鬼"，人不是神，再恬淡谦和沉稳的人，当情绪大起大落的一瞬间，也会有失态的疯狂时。而当人一张狂，就会变得可笑，可鄙呢。

非常愧疚，被网友们夸奖的我也有过一次失礼哦。而且自己让人误会在先却发难。

因此，谨记沉稳而不张狂。

把头抬起，把心放低，是我们做人处事的底线。高贵而不骄矜，坦荡而不矫饰。如此，面对失败抑或成功，都能淡然而然。

听到赞誉能沉静有时或许比遇到挫折能抬头更难。在上篇博文《遇上你，是我的缘》里，"五六怡"等热忱的网友对我的长篇的褒扬留评，让我深深感怀萍水相逢中的挚爱真情！我谨记自己只是大海里的一朵浪花。

拥有平常心，质朴无瑕——便是参透人生，便是禅，便是花。

我悟到了。

2014-02-03 06:43

义勇万岁!

昆明"3.01"严重暴力恐怖事件已经过去几天了,但我们悲愤的心未能平复。血光中那些挺身而出的大义大勇的警民,永远镌刻在我们心里。

灾难,确实有时令我们措手不及,但灾难中的义勇的光辉照亮了我们一度被寒冬冰冷的心。

新疆分裂势力一手策划组织的暴力恐怖事件使昆明火车站血迹斑斑。生死关头,民警、保安员们舍身上前!派出所副所长张立元挥舞防爆叉跑向歹徒,向他们喊话:

"喂,你们几个来砍我!"引开他们寻找人群密集的视线——结果,被歹徒们围住……

火车站派出所执勤三中队队长谢林等人带伤奋勇追击歹徒,也被砍至重伤,丁姓、刘姓保安员英勇殉职……

重庆饭馆的老板娘陈芳招呼跑到门前的旅客进屋躲避,80多平方米的房子挤满人,连桌子、灶台都站满了。

血光中的义勇令我们肃然起敬。

用血肉之躯来护卫群众,用大情大义来保护素不相识的人们,可嘉可奖可歌可泣。

当我们把目光转向自己,想起一些纷纷扰扰的家庭琐事;想起一些嘈嘈杂杂的名利之争；想起一些损人利己的渺小行径——应当羞愧。

我们总是抱怨世风日下，但我们自己做得如何？我们真的都能手拍胸脯心安理得？这个社会的败落，我们真的就没有一点责任了吗？

新中国成立之前，前辈们用血肉之躯筑成长城，抵挡外来入侵者，抗击不义的枪炮；此刻，中华民族依然面临新的考验：怎样维护国家的统一，民族的团结？怎样把中国特色的社会主义进行到底，提高人民生活水平？怎样永远保持美好的纯粹和道义，让我们的国家真正走向繁荣富强——

刻不容缓！

国家兴亡，匹夫有责。

我愿意尽我的微薄之力。其中，坚持在新浪网传承爱和美就是我的义务，我将继续书写真善美。

2014-03-07 07:05

真水无香

题记：有什么能与晶莹的水滴；美丽的浪花；闪亮的清
      泉媲美？

放下电话，金和温婉的声音犹在耳边。

岁月悠悠，我的挚友说话依然轻轻的、语速依旧缓缓的。

同学少年时，她与我上下铺。在那个"不爱红装爱武装"的年代，"海外归侨"背景的她的两条长辫子让我贴心。柔情似水的美丽的她文笔隽秀、写得一手好字，毕业时被分配到离市区较远的生活不方便的一所普通中学。她没有抱怨、没有攀比，微笑着迎接新生活。

那么多年过去了，她不慌不忙，淡然所有。

是的，恬淡的人生不追风逐浪，只安然岁月赋予的所有。

就如同电影开映了，迟到的人悄然地走进场，不露声色地坐到后排空出的位子上，享受这个迟到的位子而不执意跑到前排的某个居中的位子那样。

不由想起我的旧日同事小敦老师的亭亭玉立的考入清华大学的女儿。她在中学时写过《长大了我想做母亲》一文；我一直记得小敦告诉我的这事，至今感叹。小小的、美丽并聪慧的女孩的"做母亲"的志愿是出人意料的。

愿做母亲的美丽女孩的心愿可贵在于纯真，在于爱！没有物欲的虚荣和名利的张扬。这种本真的美，就如同明澈的水。

真正的水没有香气。

我相信我的同事的这位才貌双全的女儿，一定能成为一个可爱的母亲。拥有美貌更兼才气却热衷于做母亲的人，让我深深记得，深深喜爱。

真正的水没有因世俗而掺杂香气，智者也没有因竞争而遗失真水品质。不矫饰，不彰显，不掩饰；更不会自私地游戏人生卖弄风情。

是啊，有什么能与晶莹的水滴、美丽的浪花、闪亮的清泉媲美？

日本著名演员山口百惠在事业的巅峰时选择了"做母亲"，毅然退出自己的如日中天的影视舞台而相夫教子，也令我非常敬服。她的慨然，成就了坚如磐石的爱情佳话；她与三浦友和的永不落幕的台上台下的爱情是艺人中的一朵瑰丽的奇葩。

水滴石穿，水的生命不仅美丽，而且强大。淡然中的坚守让之永远谦退不争，甘愿处在不为人仰望的下方，始终如一地永远付出着，滋润万物。

上善若水。

真水无香！

2014-03-13 17:29

做最美的自己

题记：不做女汉子，也不认同男人不做家务的偏激观点。

徜徉花海

　　在占宝校长的微博看到其推荐的《台湾人的教女之道》一文。我大致认同。

　　文章赞扬美丽的女孩回到家放下书包即熟络地帮忙做家务；还称赞那嫁做人妇者婉拒同性、异性朋友邀约的晚餐云云——此文因此也招来一些微词，说有歧视女性、让我等专心做黄脸婆之嫌。

　　男耕女织是人们公认的最合理的美满搭配矣！因此，我们做自己理应做的事——很分内；我不认为这样是男尊女卑。

女儿就应有女儿样。

但"文革"将我们所谓的"半边天"放大了，银幕上伫立的不是"不爱红装爱武装"的"海岛女民兵"；就是"敢教日月换新天"的"铁姑娘"。于是乎冲冲杀杀、拉开嗓门的女汉子穿上与男人无异的灰蒙蒙的没有线条的衣装，风风火火地让中国人没有了性别之分。

我相信我对婀娜的朝鲜裙以及温婉的朝鲜舞的情结就是在那个特定的干巴巴的时期形成的。

我认同新中国成立之前，女人没有地位。因为很多女子没有文化、没有工作，结婚后往往依附于男人；而"文革"后，当家作主同工同酬的精神早已深入人心；近些年，更有人提出退休年龄也要和男人看齐的观点。

我不认为女人结婚后就要像山口百惠那样隐身舞台、相夫教子；但绝不认同与男人共进退的女汉子思潮。我们比丈夫早点回归家庭有什么不好呢？我们可以有充足的时间将自己的小家料理得井井有条，更可以静心地做自己想做的事儿，为什么非要尽快沧桑了自己的面容而坚持着"半边天"的作用呢？

至于家务，我觉得这是一门本领。利用女性的特质美丽自己的生活，是值得自豪的；但我也不认同男人不做家务的偏激观点；更不欣赏女人为了所谓的底线，而一一婉拒与朋友共度晚餐的快乐。生活多么美好，为什么要自设障碍呢？

说到底，形式不重要，关键在于内容和主旨。只要我们简单、只要我们善良，这个世界就不复杂、就不肮脏。

2014-05-15 06:59

梁耀艺，云端的天使

这些天，网络里传颂11岁的"伟大小孩"梁耀艺小天使的动人事迹。

11岁！还是在妈妈怀里撒娇的年龄呢。小小耀艺却异常懂事、听话。心地善良的他学习优异。

6月6日下午4点35分06秒，孩子在广州中山大学第一附属医院手术室内平静地离开人世。5点19分，小耀艺的肾脏和肝脏被放进装满冰块的保温箱里。这些器官将在8小时内挽救更多的生命。而捐献器官，就是这个深圳小学生生前的决定。

他对妈妈说："我想做一个伟大的小孩。"

网友说：孩子，你是云端的天使，误入凡间转而拯救其他卑微的生命！

……

孩子，很多人泪流满面看完关于你的报道……

深圳所有的媒体都报道了梁耀艺的事迹。我特别记得他爱亲人、爱同学、爱老师的情况。病得奄奄一息的他还不忘关心家人。他说："妈妈，不用担心"。"姐姐，不用送饭了，我根本吃不下东西"。

生病前，同学请小耀艺吃肯德基，他把鸡腿打包带给妈妈。

在生命的火焰即将熄灭时，小天使做了两件事：

一是修改自己的理想。他曾经想当发明家，病痛的折磨使他转而想成为一名医生，"我不造火箭了，我想要治好大家的病，让像我一样的人不再有病痛"。

二是做出一个重要的决定——把自己捐出去。

爱他的班主任老师宛霞深情怀念自己的学生，她相信学生决定捐献的动机，部分来自讲授过的两篇课文。一篇是《跨越海峡的生命桥》，一篇叫《永生的眼睛》，写的是器官捐献！老师说：

"这孩子……太了不起了！"

梁耀艺小天使生前是深圳市金稻田中英文学校学生。11日下午，深圳市委教育工委书记、市教育局局长郭雨蓉前往学校看望他的父母和老师，并为小耀艺一家送上慰问金。共青团深圳市委教育工委同时追认梁耀艺同学为"深圳好少年"。

2014-06-12 18:00

无题

杭州西湖边上的桌子也是有故事的

每当看到这句话我就禁不住开怀一笑：

如是说："新时代的女性上得了厅堂，下得了厨房；杀得了木马，翻得了围墙；斗得过小三，打得过流氓。"

按此标准，我只能属于"旧社会"的人了。我最多也就"上厅堂、下厨房"罢了！因为我绝没有盖世武功飞檐走壁，且"斗"兼"打"。

我甘拜下风。

不过，我有勇气说，我不会心惊胆战地担忧、察言观色，唯恐天下大乱。人不是靠"守"的，谁也主宰不了谁；而非常时期的守望，则是一种难以言传的痛楚和屈辱。非亲历无法理解——我的挚友紫仪的遭遇让我平添许多感慨矣！

我只想用这么一句话来回应前文——

每一个不曾起舞的日子，都是对生命的辜负。

2014-07-30 20:57

尚美

举杯邀明月

看到书画家李红京先生的一副对联：

"发上等愿，结中等缘，享下等福。

择高处立，寻平处住，向宽处行。"

非常喜欢。

"上等愿"是人所往之的美丽梦想。有憧憬，才有明天。美梦在上，却只"结中等缘"、"享下等福"，似乎很矛盾；但这恰恰反映了作者的睿智和豁达。只有洞悉人生，才能欣然接受不尽如人

意的现实。

　　世界，本来就不尽完美，如果苛求人生尽善尽美，是绕不过去的。因此，"中等缘"、"下等福"就是"平常心"。能笑对平常，不刻意所谓"最好"，安然每一个当下者，怎不幸福？

　　想起有句话：

　　知足是富人，平常是高人，无事是仙人，无心是圣人。

　　"择高处立"者，当有远大志向也！对应上联的"结上等愿"，偏偏也只是"寻平处住"，因为，"高处不胜寒"。君不见，位高权重者，如果过于高调，又过于奢华，不栽倒的有几许？得到过多，必然会失去。

　　站得高，却住得低；又往宽处行的人——向光，守静，脚下的路必定越走越宽广。

　　坦坦荡荡，绝不忧忧戚戚者，超凡脱俗，能不赛神仙？心如明月，绝不卑微阴暗，光照千秋，不是圣人又是什么呢？

　　美哉！

2014-08-06 08:36

生命应该盛装舞步

寻找春天

促使我写下这个标题和论点是缘于那天和某饭店的邂逅。

为寻找心仪的客厅吊灯而乐此不疲的我，顺路到某酒楼准备用餐，却见一溜人持号等位。饭桌一张挨着一张的大厅里人声鼎沸！

我望风而逃。

如此吃饭，即便山珍海味也索然无味。

我们的民俗，大约喜欢"闹"：钟情爆竹声声的吉祥和摩肩接踵的热烈。

如果耐心地等待，等来的是窗明几净、浪漫诗意的吃饭环境，也许还值得；否则，就真的是为"吃"而吃了。

看过关于一只苍蝇一分钟的生命的文。它步履匆匆，稀里糊涂。虽然，它一生的最后一秒跌进一滴琥珀中变成一块炫目的标本，

"看"到了满天星空并在一个自然博物馆被展出。其实，在苍蝇本身看来，它的一生是在绝望当中结束的！行迹匆匆，没有任何的快乐和享受；更没有自己的向往和目标。

和人类相比，苍蝇的一分钟的生命一闪而过、何其短暂！而我们和高山、大海以及满天星辰相比，又能算永恒吗？

苍蝇的一生卑微得不值一提，不在于生命的短暂；而在于它在生命中没有了自己的悲哀。

换言之，"吃"不在于吃的数量和价格；而在于它的质量和心情。同理，生命的美丽不在于它的长度，而在于厚度。有厚度的生命是盛装舞步，是美——

华丽登场、款款而舞、从容不迫。

2014-08-31 17:11

心如明月

流逝的岁月，能够让我们一次一次记起的，是那些飘逸的明媚。

周恩来总理逝世的那年，天气特别冷。

高中毕业被母校选送到师范学校学习，毕业后回到北中工作的我，几乎和我的学生同岁。在担任语文课的同时，我还是学校文艺宣传队（文工团）的指导老师。对歌舞表演几乎是无师自通的我，凭着强大的责任心，编排舞蹈、写剧本甚至创作歌曲，硬是琢磨出一台节目。也因此，我得到同学们近乎崇拜的信赖。

一个凉飕飕的月夜，在和平路口，我和队员、军干子弟丽莎不期而遇。她表情肃穆，悄声告诉我：

"老师，您知道吗？'天安门反革命事件'其实不是报上所说那样的！"

我紧张地盯着她。

丽莎告诉我，北京的朋友说，大家纪念周总理，往天安门人民英雄纪念碑送花圈，但花圈被收走。收了再送，越收越送，越送越多！后来有人干脆把花圈浇铸在那里，对抗着；接着发生了冲突，有人被围攻、拘禁；于是就有了那些飞扬的"扬眉剑出鞘"之类的天安门诗篇。

……

我静静地倾听丽莎愈发激愤的叙述，年轻的心翻江倒海。

我们在凉风中伫立了一个多小时。

后来，在一个小型会议上，我听到公安局要监察李杰的消息。据说他大声朗诵《扬眉剑出鞘》，旁边的人提醒他，我们这位宣传队的主力队员非但不停止大声疾呼，反而说：

"怕什么？为真理而斗争！"

为他捏了一把汗的我，赶紧让同学们通知他撤退。

很多年之后，才华横溢的李杰在华南师范大学中文系毕业后，旋即担任了某中学的副校长。不过他很快出国了。大约在2006年的冬日的某个清晨，我接听到久违的他在美国纽约打来的电话，这个真正的男子汉开心地说：

"老师，我在纽约读到您的《心海如花》了！"

······

我至今不知谁把我的书带到美国，谁把我家的电话号码告诉李杰。

我的第一本小文集在粤北小城捐售时，留在那里的当年的宣传队队员几乎都来了！前不久，开车来接我到万科城丹桂轩喝茶的步玲就说，什么时候，我们原班人马能够欢聚一堂呢？

明天，又是月明时了。

2014-09-07 07:52

沉重的思索

备受关注的复旦大学投毒案已打上句号。两位才华过人的大学生的悲剧令我扼腕叹息！博友兰陵客的文章《死刑永远不能制止犯罪》备受争议，遭遇各方谴责，作者承受巨大压力。

前天，沉重的我毫不犹豫地在此文写下评论。这是一份责任，我愿担当。

在这个令我们痛心疾首、束手无策的案件面前，我是这样说的：

我给此文赠送了金笔，因为作者的勇气令我感动。

两个学业非常优秀的名牌大学的学生的悲剧让我们痛彻心扉。我非常理解已经故去的黄洋的父亲的悲愤；但却希望赦免犯罪的林森浩的死刑。

因为我认为做错事的年轻人本质上不属于那种穷凶极恶的坏蛋。（林原只想让黄同学吃点苦头……）林属于那种偏执型性格在碰撞中产生极端行为的人。这是我们教育的失败，是社会的失败。血气方刚又兼才气逼人的年轻人有时会自以为是，若彼此性格相仿更容易互不谦让而最终酿成悲剧。

一个人性格的形成当然不能全赖学校，家庭很重要。浮躁的社会制造浮躁的家庭等等，反观药家鑫的情况，我亦非常痛心！据说他举起弹钢琴的手去杀人时，满脑子就是怕父亲的责怪。（药父对药家鑫的严格近乎苛刻，药很害怕撞人赔偿而遭父亲责怪）讨论这个案件，最终让年轻人用忏悔的一生去改过，是不是可以拯救更多的人呢？我觉得不能漠视复旦部分师生的求情；我记得药家鑫的老师的求情也遭谴责过。我还记得药死后，那叫嚷要杀他的人还帮着被害者的家属继续向药父索取所谓赔偿，此举遭来网上一片叱骂声。做人需要掂量斤两。

考虑不周全处，请朋友们指正。我们讨论问题是为解决问题，不是对骂。

以上是我当天的留评。

今天我还想起早些年的云南大学的马加爵事件，也十分痛心！据说他痛下杀手的那几个同学一起欺负出身贫穷、容貌丑陋的他。一连串的事件的确在警示我们。兰陵客说："杀一个人很容易，尤其是用法律的名义杀人，可是要让一个该杀的人活着，用一生去赎罪，让一个民族以此为借鉴，这才是最难的事。"

文章还例举2004年南京的一个案件，四个失业青年行窃被发觉后杀死德国人于而根·普方及其妻儿。案发后，普方的母亲从德国来到南京，给法官写信，为四名凶手求情。而南京的一些德国人和外国侨民设立了普方协会，募集捐款资助苏北地区的贫困学生。他们的目的是——纪念普方一家，用积极的方式去怀念这家人；打破贫困造成的失学而引发的犯罪的怪圈。

我们不能要求黄洋的父亲也像普方的母亲那样啊！中国自古以来

就有杀人偿命的法规，失去爱子的老人有权利要求有罪的一方以命抵命；而因此，林森浩的老父也将目睹造孽的儿子走向黄泉！事实上，从事件发生起，林父的心就每天都在滴血……他的弟弟有生以来第一次看到绝望的哥哥哭泣的痛楚；看到一向倔强的哥哥真诚地向黄洋的爸爸认错的羞辱；看到原本强壮的哥哥不到一个月瘦了30斤，低着头、畏畏缩缩地走进法庭的无助和凄苦！

……

可怜天下父母心！

走了的，没法回生；祈求让活着的活下去赎罪吧——

为他，为他的家人，为……

2015-01-11 21:23

那些歌儿

我和我的同学

　　新年前夕，童年的集结号由东莞石龙的世强同学吹响。韶关、广州、珠海、深圳的同学25人兴高采烈地集聚号声下。世强同学开放自己和亲友的两大套住宅，留宿最远的粤北同学，炖煮米酒宰鸡杀羊。

　　大队伍集中虽然只有短短的大半天时间，但围绕这个聚会，同学们在微群中却讨论了两三个月。过程幸福满满。

　　是什么让青春不再、甚至情怀已更改的同学们能够热烈地响应召唤，奔向集合点呢？

　　是那些歌儿，是那些深情的歌儿！

　　我们集体亮相的《花儿朵朵》是同学们心中的常春藤。几乎在所有的聚会场所，都一次次地被提起、被演唱。它是少年时代的幸福印记：

"你看那，万里东风浩浩荡荡；你看那，满山遍野处处春光！青山点头、河水笑，万紫千红百花齐放……"

只要有人引吭高歌，马上一呼百应。

多么美！

那天，何杨和英炼唱：

"湘江岸上，枫叶红，列车奔跑在群山中，透过那黎明茫茫的白雾，迎面来了一队炮兵……"

——《歌唱欧阳海》

解放军战士欧阳海是我们儿时的偶像，危急中，为了拯救列车，他毅然冲上铁轨，推开战马，倒在了车轮下！

……

那天，几乎可以一字不漏地记下这首特长的叙事诗般的歌儿的我，不时提示演唱的同学。气势磅礴的歌声停下来时，何杨向我伸出了大拇指。

在轻声和着同学唱歌的过程中，心中升腾起庄严的回忆。我知道，正是这些好歌一直鼓舞着我，无论过去、现在或未来。

小时候羞涩的我记忆力特别好，好多歌我都能倒背如流。那天我问同学，还记得入学时贺莎老师教唱的两首歌儿吗？沉寂片刻，有人记起。

"翻过小山岗，走过青草坪，烈士墓前来了红领巾……"

"在波浪滔滔的赣江边，有方志敏同志战斗过的山岗；在白雪皑皑的森林里，有杨靖宇将军住过的茅草房……"

深藏心底的歌儿已经化作万千力量集聚身心：

水晶心

它在朝阳喷薄的时候，让我豪情满怀；它在日暮寒冬的时候又使我勇气重来。我也潜移默化地将永驻心田的歌声演化成工作的方案和指引。担任母校少先队大队辅导员时，组织过"寻找英雄的足迹"的活动：

"画英雄"（在校道上的长长的黑板前举行"现场粉笔画大赛"）

"写英雄"（采用文学的各种形式，叙述英雄事迹）

"唱英雄"（演唱配以歌舞等艺术形式，让英雄立起来）

"当英雄"（体现英雄大美的言行举止和活动）

崇高和美好召唤、激励着我和我的学生们。

啊，童年的集结号之所以能够一再吹响——

是因为我们心中有爱。

我们的班集体已有8名同学永远离开了！

此次聚会，有些同学因故没来。

这次活动是今年晚秋的大聚会的前奏……美丽将在11月拉开帷幕。

2015-02-02 17:25

深深的话，浅浅地说

这个年，过得很高贵。

一切，就像家里那个普通的、高脚的、透明的玻璃花瓶一样：

浅浅地笑着、和插在其中的羞涩的百合花一起，静静地立在客厅的一隅。

百合，既没有牡丹的堂皇，也没有玫瑰的霸气；它的美在于淡然的坚守。我喜欢百合，喜欢一切悄然而至的、袅袅娜娜的从容之美。

年前，我就某位久违的自私而不讲礼节的旧日同事对朋友的任性、张狂浅浅一笑，温婉地嬉笑着援助了郁闷的朋友。

昨天，在香蜜湖某华美的酒楼，周围的食客对一位旁若无人高声喧哗的"牛人"敢怒不敢言。我不慌不忙小声地对服务生说：

"请告诉那位客人，让他的音量放小一些。因为他影响到一大片人了。"

果然，"牛尾巴"拉不得！这位高谈阔论、似乎挺有文化的人恼羞成怒，不但不羞愧；反而变脸更高声地骂道：

"他妈的，我就要大声，能把我怎样？怕吵的就去包间好了！"

家人因而埋怨我。我浅浅一笑道，随他骂去。我不动声色地拿起茶杯自斟自酌……果然，"牛人"的声音慢慢儿低下去了……

还有，老同学鹏从粤北来深圳，娟同学约请了我久违的老邻居、

水晶心

学长朱同学一起聚会。临时从微群中获知消息的我决然安排好正在进行中的家宴而直奔集合地点，见到在大院一起长大的两位校友，开心至极。我讲起朱爸爸（故土的市领导之一）当年批评留长发的某亲属，用了一个词：

"颓废"

我说小小的我那时不知这个词如何解释，但隐隐约约感到它是不振作的、不高尚的。这个词，自此我忘不了。

学长父亲的儒雅兼及老革命的严谨、朴实、率真的秉性深深地烙在我的心里，虽然我大约只是浅浅地说。

2015-02-23 22:07

项链

昨天，在琳琅满目的珠宝小柜台，有人拿出几颗黄灿灿的金珠，请服务员放到她的那串红玛瑙项链里。

对颜色比较敏感的我顿觉不舒服。

本来，素净的红珠项链有一种浑然一体的本色的美，夹杂着几粒炫目的金珠就俗气了。

我忍不住轻声说：

"为什么要加金珠呢？无需加啊。"

她抬起眼睛瞄了我一下，嘴角一弯轻蔑道：

"玛瑙那么便宜，不加金珠的项链戴在脖子上，多没档次啊！"

……

她尖利的声音钻进我的耳朵，嗡嗡响。

我才注意到，她的手上还戴着夸张的戒指和耀眼的手镯。

把"美"仅仅定义在金钱上，美吗？

看着她欣欣然地戴上那夹着金珠的玛瑙项链，昂昂然地步出大门，我郁闷得几乎失语。

2015-03-05 06:09

善良最美

向往

不跟风，连尽人皆知的《甄嬛传》都不看的孤陋寡闻的我，对于央视名主持某某确实知之甚少矣！当终于知道风传的他的事件时，我最直接的反应是：

他的朋友圈不怎样。

撇开"主义"、"精神"，在一个私密的空间，居然被卖。能不心寒吗？

善良最美，害人之心不可有。

这也是我对这个事件的核心观点。我记得，在我的第二本小文集里我谈到过这个话题。人要活得单纯、阳光。身边若有阴暗者，就太累了。所以，我不喜欢看"宫斗片"，无论它的艺术性如何高明。在我的学生群、同学群里，我坦诚地表示了自己的姿态：

我不执意于某主持人的信口开河的张狂，我注重的是"人人自危"的窘迫。

恰巧，深圳电视台正在播放电视剧《何以笙箫默》，主要情节显示两个智慧与财富并存的优异男人殚精竭虑竞争一位在外形上并不十分夺目的师妹。他们的专情与执着让我叹服。

赵默笙的过人之处在哪里呢？

善良纯真、毫无心机。简简单单的她反衬了光彩夺目的佟心樱等人的工于心计、虚假功利。

这个电视剧的精彩情节，姑且不论其细节是否都经得起推敲。正好印证了论点：

善良最美。

2015-04-11 18:16

人生应该"有品"

题记：金钱不代表有品，甚至文化也不等同有品……

都说人生匆匆。

匆匆的人生要"有品"才有意义。

百度上这样说：品位不只是一种形式，更是一个心灵修行的自然结果。

因而，我领会到：金钱不代表有品，甚至文化也不等同有品——并不是说有高深的文化就一定有品位。

前不久，94届学生洋姣同学请我和她的闺蜜同学进行了一次"有品"的聚餐。之后，我请虔诚修身学佛的学生史卫和她的先生到有品的饭馆再次体验了"有品"。

它的名字很有禅意，名为"有间厨房"。

相比许多用"龙"用"凤"用"麒麟"等等冠冕堂皇或花花草草称谓的饭店酒肆而言，"有间厨房"云淡风轻。不浓妆艳抹的它坐落在深圳市福田区车公庙的同样清汤挂面般的泰然八路。步入"这间厨房"，只见窗明几净；长方形的餐桌上铺着同样清清淡淡的格子形的桌布；那些林林总总、大大小小的照片充溢着书卷味儿。

我为客人专订的斋菜，端上来满堂生辉！餐具大约不昂贵，但小巧、精美、千姿百态地奉献着异彩纷呈。有小紫砂罐炖的养心汤，有小南瓜蒸的八宝饭，有萝卜丝做的五彩卷；还有清纯的汤圆豆腐，香气浓郁的心形的马兰头以及红薯、芋头馅的黑、白芝麻球……每一道妙趣横生的菜肴摆上来，心里就涌上一个"喜欢"。在不忍下箸的当儿轻轻地咀嚼那些没有味精也没有鸡精的山珍海味，怎一个"美"字了得？

一点也不张狂的"有间厨房"把一点也不张扬的五谷杂粮、瓜果生鲜做成的美妙的食物和"华贵"另类。它的清淡的气质透露着可人的灵气，清静的环境彰显着它的朴实的淳真；它无意与堂皇争锋，更与霸气无缘！平和、谦虚的品格就像这个小店的大厨马钟鸣先生一样。身为世界华人健康饮食协会副主席、亚洲华人名厨联合会的副会长等等头衔的他，对书画情有独钟。马大师来自美丽的腹有诗书气自华的江南名城金华。

心境清明才有可能在繁杂的社会中葆有宁和泰然的姿势。

"有品"的确是修行而来的。

2015-06-18 17:56

校长，我敬你！

老师，长大后我就成了你
（老师优俪）

那天，到楼下买香蕉，听到有人招呼我，循声望去，只见佘校长呵呵地笑着；他的夫人熊老师也快乐地问我：

"你就是雪明老师吗？"

我开心地应答着。

佘校长亲切地告诉我，他住2栋19层。邀我有空上去坐坐。我不由想起还在学校工作时，同事们说校长的房子设计有新意，很多老师去参观过的。记不起在怎样的语境下佘校长还郑重交代徐主任带我去看看，惭愧的是懒懒的我一直没成行。

如今，校长已经退休了，我觉得太应该去看看老领导的。

我们带了一束鲜花去拜会校长。结果老领导回访时赠送我们一饼"老树茶"茶叶。还邀我们到他那儿吃淮扬菜。真的哦，两年前我应邀回校参加活动，佘校长就热忱地说过要请我和旧日同事们吃饭的。

次日，校长又发给我一短信：

"李老师，原定明晚的小聚改在下周一可以吗？"

"当然可以哦。校长那么客气！你不大牌，我敬你。"我说，
"校长，下次我请你。"

从校门到校门的我，碰到许许多多的校长，均亦师亦友。我愉快
接受并努力完成校长们交给我的每一项教育教学任务，也心无芥蒂地
向校长朋友提出过自己的意见和建议；海阔天高的校长们不但大气地
接纳我的观点和批评；还义薄云天地一路扶持我轻舞飞扬。

幸哉！

2015-07-13 14:02

今天，我不穿花衣

白色旗袍

9月3日，我特意穿了一件白色旗袍。

后来，我看到深圳中学高三学生黄一凡的发言，我和他想的一样。

年轻人说，这个假期，于我是沉重和悲伤的。抗战是胜利了，但我们付出了三百万将士的牺牲，三千多万平民的伤亡。

而当天新华社的评论是这样说的：战争是一面镜子，能够让人更好认识和平的珍贵。那场战争战火遍及亚洲、欧洲、非洲、大洋洲，军队和民众伤亡超过一亿人。

抗战的胜利来之不易。当天，看了天安门广场前威武雄壮的阅兵式之后，我飞快地在我的博客以图释义，写下"缅怀抗战志士，宣誓保卫和平"的标题。

关于战争，青少年时期的我知之甚少。清晰记得读高中时，看到过关于批判"战争恐怖论"的文章，不知所以的我很难接受那种杀气腾腾的战争教育。

随着年岁的增长，我对战争的厌恶与日俱增。喜欢龙应台的这句话："教育就是要与灾难赛跑"，帮助孩子成为有人性的人。杜绝戾气！心怀怨恨、心胸狭隘的心田永远种不出善果。

数年前，就有"血战台儿庄"和"中国远征军"的文学作品浮头了；9月3日，"国共两党抗战老兵共同乘车参阅"的情景让许多人热泪盈眶。历史，一步一步恢复它本来的面目。

去年，我非常欣喜地获知早在初中阶段就把目光投向了抗战老兵的黄一凡同学和学长宋子昂奔赴云南，开展"关爱抗战老兵、记录口述历史"的调研。这是中国高中生第一次深度进行这个主题的活动。我为年轻人美丽的心感动。豪言壮语不一定要用铿锵的话语来表达，忧国忧民的远大抱负就体现在足下的每一步坚实的脚印上。

被采访的国民党老兵为有年轻人记得他们这个群体、为战争的残酷、为战友的牺牲而几度落泪。

所以，黄一凡告诉他的学弟学妹：抗战老兵的情感，是任何教科书、历史书都没法告诉你的。

是的，抗战最终胜利了！纪念这个节日，我不穿花衣，是这个日子饱含了鲜血和生命的沉重的光辉。

纪念，是一个缅怀，更是一种誓言；而非播撒仇恨。

雄壮的阅兵日，习近平主席宣布裁军30万，意味深长地显示中国人民对和平的坚定的信心和不倒的信念。

以人性观照的角度去认识战争，真正从事实出发，拨开迷雾，直面历史，美丽的鲜花终将开遍洒满烈士鲜血的原野；如果简单地感情用事，非但不能最终解决问题，反而让仇恨无限地延续，永无宁日！为了消灭血腥、消灭战争，我们要用智慧寻找中日历史研究"最大的接近点"——这是中日历史共同研究中方委员会首席委员步平说的。他还说，现在的日本人不是70年前的"鬼子"。中日两国学者联手展开研究，首先从学术上厘清历史事实，交换意见，以缓解围绕历史问题的对立情绪，增进交流，泯灭仇恨去拥抱和平。

　　永远铭记这一天；永远敬仰无数为他人的安宁抛头颅洒热血的志士仁人；永远地保卫和平！

　　　　　　　　　　　　　　　　　2015-09-06 16:25

"无可替代"的内涵大于外延

题记：这篇小文章是我一气呵成写下的。我想表达的当然不是否定工作做到无可替代的非凡；而是说在现实中没有什么是不可置换的。因此，外延上可以找到替代者。关键是我们需要这种内涵。

《优秀不够，你必须无可替代》文，说的是一个人的求职路。

在习惯性的思维中，"优秀"是满分了，业已接近漂亮。而"无可替代"又展现了新的高度。大千世界，山外有山，其实也并非真的没有什么是无法置换、顶替的呀！所以，我理解"无可替代"在于它的内涵而非外延。

但是我要说，我很欣赏这种一往无前的境界。

工作"无可替代"，是做别人不愿做的；做别人未能达的。但假如后来者也效法之，不见得是不可以顶替的。又例如，感情生活中，因种种意外和原因，丧失配偶的一方纵然痛楚万分，但终于又续弦的也大有人在；友情更迭的就比比皆是了。

现实中，似乎真的没有什么是不可替代的。

一个人出类拔萃，不等于就没有人可以与之对决；战争年代，更

有"一个人倒下去，千万个人站起来"的态势。这个世界，谁也不是谁的天！即使深爱者逝去。

我理解"无可替代"着眼于它的内涵。

工作，做到这个份上，已经是不可或缺的；爱情，也不是姿色、年龄所能比拟的；友谊，更不是吃吃喝喝地说变就变了。

无论工作、生活抑或情谊，"无可替代"说的是其内涵，至少内涵大于外延。

当然，的确有另类，金岳霖对林徽因的纯真爱情是奇葩了。

这才是"无可替代"的爱啊！

2015-10-09 16:48

幸福，不期而至

题记：枫叶红了的时候，我和我的分别了几十年的学生们
重逢于风光旖旎的丹霞山下。当同学们手捧巨大的
蛋糕，为我唱起生日赞歌、送我卫明同学亲手书写
的"桃李满天"的扇子的时候，我又落泪了。

这些天，和德胜以及他的同学们幸福地欢聚一堂了！我恍若梦中。
他们是我教师生涯里最早的一批学生。

这么多年，我常常想起曾经让年轻的我手足无措、无奈落泪的他
们；尤其当掌声响起来的时候……

亲爱的学生们，你们过得好吗？

同学们用爱和歌声、笑声一再地告诉我："老师，我们'成钢'了！"

学生们每每提起我当年说的"恨铁不成钢"。德胜感慨万千地说，这个词，他一辈子也忘不了。也激励他在艰辛的人生路上勇敢向前。当班长希桢把到高铁站迎候我的任务交给他时，他说他快乐得要飞起来；而接到当年的淘气大王的喜出望外的电话时，我牵挂了几十年的心也瞬间放下，幸福满满！

高中毕业，我被珍爱我的老师推荐到师范学校进修，旋即回到母校任教。那一年，我19岁。

面对当时一派"读书无用"的场景，怀揣一颗"忠诚人民的教育事业"的红心的我，迎难而上。我牺牲休息时间，挨家挨户家访——希冀取得家长的配合支持。几十年过去，刻骨铭心的一幕永远沉重地烙在我的心上：

当同儿子一样急躁的德胜的父亲在听了我的陈述后大声指责孩子时，顽皮的德胜也许恼羞成怒，居然当着我的面向父亲抢起了小板凳……惊慌失措的我差点儿晕过去！

……

久别重逢，德胜告诉我：他没有毕业就离开了学校，是因为报复了年轻气盛的某年级长。那男老师掌掴了三番几次把"立正"故意做成"稍息"的他，不堪奇耻大辱的他找人教训了老师，结果他被"劝退"出校门。

原来如此！

这些细节我没有印记，而这群孩子好像也没有举行毕业典礼。因为那是一个乱糟糟的没有规则的年头。时隔许多年的今天，在他们的班长告诉我同学们将重新聚集到我的麾下时，我率先想到的是，当年让我头疼的两名学生，如今过得好不好？

德胜在收到我怕烦劳他而谢绝他接车的消息后又连发了几个信问候平安，要请我吃饭，我说喝茶吧。

和德胜留影

可是我把地址弄错了，又恰巧碰上出租司机罢工，只好徒步前往。到了预定的茶楼，远远看见有个人把头探出窗外，望眼欲穿的样子，我认定他就是我要见的学生了。

……德胜和我紧紧握手！千言万语一下说不出来。

我终于知道，当年小小的他失去学习机会时，恰逢出身地主、资本家的母亲在单位挨斗；父亲境况也不好。他很快被下乡，后来在朋友的帮助下进工厂，艰苦磨练成为一名技术过硬的工人。这些年他转而推敲石头，开了一个小小的水晶石摊档。他说几十年来他一直关注我，在报上看到我的消息、看到我的文章就开心不已！他还说有段时期听说我病了，就焦虑地为我祈祷。这名让我深切感怀的学生当即送我他精心准备的一个刻有青青竹子的玲珑剔透的玛瑙挂件，曼妙可人。他说：

"竹报平安！老师，祝福您。"

我不能推辞。它的价值连城在于一片赤诚。

当天晚上，我在大聚会中谈我的深切感受，再度落泪。

我为当年淘气但蒙受委屈的德胜说话。

我说我是幸福的，更是幸运的！当年才疏学浅的我并未能真正走进学生的心灵，我很内疚；虽然那么多年过去，青春无悔。让我无比感动和无比欣慰的是，我的学生们这么多年一直深深地关爱着我！同学们在后来的生活道路上能够深深地记住老师"恨铁不成钢"的父母心，并将之化为巨大的力量去迎击人生中的风风雨雨。我为我的学生骄傲！教学相长，学生是我们的影子。同学们激励我永不停步。我也更为深切地印证了自己在第一本小文集上说的话：

"我一直认为教师的职业是崇高的，但教师能否得到人们的尊重，不在于自己的'头衔'，崇高的是职业本身，不是自己；要配得上它就必须不断内化自己、升华自己，就必须言传身教。"

希桢、丽卡、建强、张波、卫明、秀丽等当年的班干部顺理成章地成为此次活动的组织者。一呼百应的状况显示了我们班集体的向心力和凝聚力。时光可以逝去，青春却不散场！

建成、伟林、敬强、韶峰、赤仿、志强、世民……好几个男生特意过来告慰我，他们在后来的生活道路上百炼成钢而没有辜负我的教诲。记不清他们谁还说要送我一部美丽的自行车，说这是他的引以为豪的产品。我轻轻地回答：

"谢谢，谢谢！我不会骑车呢。"

这个晚上，许多男生过来敬酒，许多女生围拢上前敬茶，马日和志梅则悄悄请求单独和我合影以让其我也任教过的哥哥们看看。

……原来，许多同学和德胜一样，一直关注着关于我的所有报道和消息；一直怀念着这个令大家千百次想起的班集体！

我特别欣赏这批学生的精气神。尽管他们有相当一部分人并没有读多少书，但他们自强不息、奋斗不止。

敬强自豪地告诉我，他是我们这个小城的乒坛名将；还坦荡地说自己曾四次"逃港"；并在深圳开过的士、做过房屋设计，他说此刻的他过得很实在，问心无愧。伟林也三番几次亲热地握着我的手，报告自己百炼成钢。愿意为集体、为需要者慷慨解囊。

建成则羞涩地说，生意成功后自己一直坚持为福利院的老人做事。重阳节前后会组织同学们开展一系列活动。

……

谈到"爱心"，不能不说和我住得最近的班长希桢了。我知晓她一直参加许多慈善活动奉献爱。这次聚会更和筹备组的同学亲密合作。大小问题注重细节，从聚餐需要的大闸蟹到合影所佩戴的暖心围巾，甚至我的高铁票等等都在她的操心之列。

我可爱的学生们，他们团结、向上、向善的精神熠熠发光；他们的坦诚、大气和包容爱满人间！他们在物欲横流的社会清清正正、平和磊落，不卑不亢。这样的人不是顶天立地者，是什么？

当皎洁的月光洒满大地，当晚秋的凉风掠过美丽的丹霞时，建强同学一鸣惊人地回应我的话应该代表了同学们的心声：

"当内心强大、修养足够时，赚钱只是顺带的事儿；成功也是优秀的副产物。做一个值钱的人比做一个有钱的人更重要。"

我为我的学生鼓掌！你们就是"值钱的人"——因为善良，因为诚实，更因为你们勇于担当。

是的，今天我们都"成钢"了！我们永不言败。

2015-10-20 16:18

精神同乡

題記： 写下此文送给年轻的朋友们。

同学的合影，让我想起网友许东林的文《或恐是同乡》。

他乡遇故知的喜悦是无以言表的。而同学，因为青春记忆和美丽情怀，总是息息相通的。同学就是同乡哦！所以，许君此文我容易共鸣。

是呀，在漫漫人生路，最想遇到的人，其实是同乡、是同学。因为，我们有相同的从前的时光；有相同的熟悉的乡音共同对抗着漂泊和零落。

而精神上的同乡"一定有着相同或相似的生命底子。像蓝底印花布，那白色的花朵不论是缠枝莲还是篱边菊，都生长在一片幽深的靛蓝底子上"。

我教过一年，做过一年班主任的74届的一群学生，创作了"班歌"，已经聚集一块演练过数次！其中的"百炼成钢"是有深意的。年少天真的孩子们在那个不读书的年代里却牢牢记住我说的"恨铁不成钢"这个词。在不久前的大聚会中，可爱的学生们纷纷走上前来告慰我：

"老师，我们成钢了！"

这群孩子有着相同的过去，相同的记忆，相同的梦想。他们当然比一般的同乡要心有灵犀了！无需询问思考和猜测就可互通情感；更无须"破译"所谓密码。

当然，精神上的同乡，可以不是地域的同乡；只是拥有共同的高地，有着神韵上的相似。就像同一方向飘过来的落花，一样的芳香，甚至一样的静气！彼此可以直抵对方的灵魂高地。我珍视这种大格局的情感，没有媚俗的攀援和拉扯，唯有志趣的认同和惦念。

守住初心，难能可贵。而这个世界，尚有许多黑暗和不公，要扭转乾坤，非一日一时；更非一己之力！在浩瀚的宇宙面前，我们不过是小小的水滴还称不上浪花哦！所以，我们自信但绝不能傲世；我们勇敢但绝不能鲁莽；我们清高但绝不能孤独——因为，一个人改变不了世界。谨记自己不过是江海中的一滴水罢了。

故此，漫漫人生路，不能有非黑即白的思想，要勇敢地走第三条路，要智慧和平和。毕竟，融进这个世界再迂回地改天换地比愤世嫉俗地抛弃它来得更实在些。是吗？

与我的精神同乡共勉。

2015-11-19 17:59

秋

晚秋的珠江静静地流淌，不言也不语

年少时，秋天让我落寞；年岁愈长我愈爱它的静谧和厚重。

我愿与落叶飞花同呼吸，葆有一颗知秋的心，和美丽的大自然呼应；而不只是苍白地注视着手表和日历。

深切记得香山红叶烂漫的美，是一种成熟的味道：深沉，不张狂更不轻佻。浅浅地笑，深深地爱。

这就是秋。

2015-11-26 12:34

子非鱼

题记：有时候，我们看到的所谓的事情，并不是你所想象的……

前天收到红英挚友的信，她说谢谢我认同。

我"认同"什么了？纳闷地翻阅她的微信平台，不禁笑出声来！总是欺负老王的她，居然正儿八经地把老王正襟危坐的照片发至其平台，美其名曰："真正的男子汉！"还加上自己的感慨："无悔于今生。"

我当时想都没想就点赞了，还随手加了评论："老王对你挺好的，人不可能完美，知足吧！友友。"

老王，高大英武，不言不语地站在红英身边，脏活累活总是抢着干。他岂止爱妻子的美丽、善良和豪爽？他还爱她所爱——爱屋及乌！那年初秋，知道我要到他们家小住，老王忙前忙后迎接我到来，为妻子和挚友的重逢而乐此不疲。他总是默默地站在我们欢笑的远处，快乐着我们的快乐，幸福着我们的幸福。我常常歉意地向他微笑。不知愁滋味的红英有时还抱怨老王"不善言辞、了无情趣，憨憨得像个呆瓜"！

好了，这回，红英服了。

女儿装修房间，老王独自搬到女儿那边照应了。红英告诉我，这些天她独自买菜做饭，深知老王的不可或缺！呵呵，真情流露在微信平台了哦。

我和红英的"生死相交"始于"一根白洋参"。她是那种利索、时尚的美人。只有对我，这位心清气高的家伙才会低眉顺眼、死心塌地地"护驾保航"。看到我俩的人，常常会认定：我就是那公主，她就是那伺候我的丫鬟！但是，诸君看到的并非是所想到的。

不操劳才是红英的命。

我的旧日同事惠，曾经诚恳地对我说："雪明，你能找李阿婆做保姆，让我很感动。"

我大惑不解"感动个啥？"

她说："哎呀，你那么爱干净，居然对她那么好；阿婆是农村来的，真想不到你会让她上你家来！这让我改变了对你的看法。"

我有点哭笑不得。爱干净不等于会歧视可能不整洁的人和事，而我尊重李老师的农村来的老母亲，不值得"感动"！生命是平等的，尊重别人就是尊重自己；何况我当时确实需要阿婆帮助我。

这是30年前的事了！那位旧日同事和我都还年轻，而那个年代的人恐怕看人看事还都比较拘谨。

有时候，我们看到的所谓的事情，并不是你所想象的，因为我们不是故事的主人公。记得我的学生妹妹晓云说过：我们往往知道得少，一定不要发声早。

非常赞同。因为子非鱼。

2015-12-02 14:18

责任

> 题记： 社会上涌动的戾气、霸气，正是一种潜伏的危机；而我欣慰地看到，更多的人从中惊悸、沉思并奋力前行。
> 正面的支持者众志成城！
>
> 我当然不是主张同学间以牙还牙，
> 我更不支持血光之灾，我也不是挑战法律；
> 但我同意兰陵客博友的意见，刀下留情！法律也不是死的呀！
>
> 我想起鲁迅先生说的那个冰冷世界里的看客，我的心里充满悲愤。

　　林森浩的生命终结了，这是我不愿看到的结果。我曾在新浪网支持备受压力的兰陵客，希望赦免他的死刑，理由在我给他的博文的留评（后来我打包成一篇博文《沉重的思索》。发表在2015年1月11日，支持者众。）

痛心疾首之余，我深感责任重大。

这个日新月异的时代，孩子们的智商、能力远超我辈。社会的进步也伴随着许多我们一下难以应对的问题。在崇尚个人"自由"的同时，常常忽略了相互的关爱、理解；在拨乱反正追求科学文化的道路上，有时又兼顾不到人格素养的锻造。

心高气傲居然会积怨成真，已经屡见不鲜。直至黄洋、林森浩这两位才华横溢的天子骄子两败俱伤、烟飞灰灭……

我在网上看到林森浩的遗言，痛彻心扉！

昨晚，我在一个聚会中和外国语学校的来京校长、欧阳主任议论复旦大学的这宗案件，他们认同我的观点。我们确实不能忽略复旦部分师生的求情！林同学反感黄同学喜欢作弄人，为遏制他在愚人节的行动，在饮水机上设套以"教训教训他"，不料各种原因导致恶果。有资料说是黄同学身体本身的问题，而我在公布的消息知道林森浩的饱受折磨的父亲说儿子"傻"时，林森浩安慰老人"爸爸，再说什么都没有用了，我用生命去偿债吧"！他谈到在狱中看《复活》，谈到一直忙应试，没有时间阅读人文方面的书籍，这些书让他的心灵逐步平静下来，他觉得因为自己的思想层次的原因，错过了可以放弃愚蠢行为的机会！他说在进拘留所之前，自己就后悔了！但生命不能倒流，只有接受惩罚。他的遗言是希望弟弟妹妹读好书，他提出捐献遗体。被学长学姐称之为"情商不够"的林森浩，家境贫寒，他本可以凭自己寒窗苦读的成功来拯救家庭，却过早地夭折在这一场悲剧中！我不禁再次想起那个手刃舍友的马加爵！农民家庭的容貌丑陋的他，不禁同学奚落取笑，忍无可忍之下痛下杀手……

我当然不是主张同学间以牙还牙，我更不支持血光之灾，我也不是挑战法律；但我同意兰陵客博友的意见，刀下留情！法律也不是死的呀！

以上这段话，是我在清晨起来后加上去的。这几天我很不舒服，我完全可以想见林森浩的父亲的悲哀耻辱，因为他的儿子是杀人犯！林的遗言也谈到希望有一个好的舆论。很多人，包括我的小弟也担忧我，他说："杀人需要偿命，姐姐您怎么这么糊涂？您不怕被人骂吗？"

我不糊涂，我很清醒。我想起鲁迅先生说的那个冰冷世界里的看客，我的心里充满悲愤。目睹兰陵客博友的义不容辞的慷慨陈词遭受的攻击，我毫不犹疑地冲上来，再正常不过了！置身于其中，去体察两个年轻人的不幸；去反思我们的失败。

我们确实需要在引领青少年学生的道路上狠下功夫了！要让孩子们在小学、中学就健康地快乐地成长——要更多地倾听他们的心声、把握他们的脉搏、关切他们的思想的足迹；更多地营造团结向上的班集体。

作为老师，我们责任重大。

昨天，有个人在我的微博上恶毒地谩骂，虽然她设置了不能回复的功能，但我坦然地公开回复她："您这种谩骂，正是我非常担忧的。"社会上涌动的戾气、霸气，正是一种潜伏的危机；而我欣慰地看到，更多的人从中惊悸、沉思并奋力前行。

正面的支持者众志成城！

我们一定要防止舆论杀人。

一个人的成功，更多的在于内心的柔和、恬淡；在于平静、包容；在于谦虚谨慎。

2015-12-13 17:56

花香如梦

水晶心

在和这批没有"师生关
系"的学生重逢后，我匆匆
写下此文，得到学生弟弟妹
妹们的热切欢迎。当文章被
转发到我任教过的一个学生
群时，一名女生写下这样的美丽：老师早上好！《花香如梦》我喜
欢，在我还是您的学生时，感觉您是那种特别需要别人保护的小女
生——可现实中的老师您却是如此博爱、坚强！我爱您，老师！

　　喜欢花儿，喜欢布娃娃的我长大后快乐地做了老师。非常美丽的
是，走到哪里，孩子们都知道我是老师。去年数次进入外国语学校校
区，每回都被"老师好"的喊声逗乐。有一次在公交车上，两位莲花
中学的男孩也是这样叫我。

　　这个冬季，依然有暖。四五十个我没有教过的一群学生从广州、
佛山、珠海、中山甚至粤北飞奔到深圳来一聚，我被这群足足小我九

岁的学生簇拥着，不停地和他们逐一合影。

虽然没有师生缘，却真切地拥有师生情！

不由想起那个缺少鲜花和诗歌的年代，一个大大咧咧的女孩从军分区干休所的花圃采来鲜花塞到我手上，她也不是我班上的学生。很多年后的今天，她找到我的电话、加了我的微信。我对她说："谢谢你的爱，我还记得你的花！"这位继承父业的女兵爽朗地笑了。

我配得上这些美丽的鲜花吗？我常常问自己。

学生弟弟妹妹们用真切的爱回答了我。

这个夜晚，韶明同学告诉我，那时他在课堂外跟随电工房的曾老师学习技能，有一次学校广播室的播音设备出故障，他来排除问题。完成任务后刚好下课铃响起来，满心喜悦的他播放了一张自己喜欢的唱碟，同时想好应对我的批评的话。结果我听到歌声回到广播室，和颜悦色地表扬他专业地解决难题，适时地播放歌曲。

我当然记不清这一切了！我甚至叫不出他的名字。也许正是这些我无论如何也记不清的"小事"，成就了我和我的学生的友谊。不由想起许多年前，《少男少女》的常务副社长小敏作家受省少工委副主任、《少先队员》杂志总编江国锋的委托，到我的母校采访我的学生和同事。她记录了学生干部志涛说的也是发生在广播室的一件事，但他没有被我表扬，他遭到我严厉的批评。原因是他在"红领巾台"广播时刻心血来潮，突然插入《国际歌》的旋律，并且跟着高昂的歌声大声唱起来！他说我穿着高跟鞋匆忙地不顾一切地飞跑过来的样子，他一辈子也忘不了！我告诉他，《国际歌》是绝不能随意乱放的，我严肃的表情让这个骄傲的优秀的学生干部流泪了。

在学生弟弟妹妹的眼中，或许让他们喜欢的老师是公平、公正的吧？而爱，应该大于天！

 水晶心

深切记得有个夏夜，在家访的路上遭遇"石头战"，我硬着头皮勇敢地往前走时，有个大男孩冲过来对我说不用怕，他酷酷地用手势制止了"战斗"，让我安全通过。他说我不但没有没收他偷看的禁书《青春之歌》，还劝他回家看。我说我也不知道这本书到底存在什么问题。

......

那个寒夜，这群不是学生又是学生的弟弟妹妹们亲密地和我交谈、快乐地和我合影。有个小潘，和我聊了很久关于审美的问题，后来他递给我一张艺术工作室的名片，之后他加我微信并大方地告诉我，他当年是何老师班上最差的那个！我深深感动。我曾经教过的让所有任课教师头疼的一个学生，去年在大聚会中找到我，他送给我自己亲手做的雕刻着青青竹子的一条玉石项链，以祝愿老师永远"竹报平安"。只要是我支持的、赞赏的，他就毫不犹疑地点赞！前不久就复旦大学投毒案的事我又写了文，当知道有人攻击我时，他说：

"老师，不用怕！我来顶着，赴汤蹈火我都支持老师！"

我落泪了。

我庆幸我是老师，拥有这么多大情大义的弟弟妹妹。我永远珍视"教师"这个光荣的称号，我要永远配得上它。

啊，寒夜不冷，花香如梦！

编后：从文学的角度，我更喜欢之前写的短文《那年，花开》，但最终选择了本文。

2016-01-30 10:27

大院

题记：我敬重地委大院里的叔叔阿姨们！

我喜欢地委大院的英雄气节、平等和公平意识。

小玲拉我进入"地委发小苑"。这个群80人，二弟也在内。基本上是韶关地委大院里一同长大的弟弟妹妹们。

置身于这些亲切而又陌生的"发小"，我欣喜地回到了美丽的童年。几十年的时光，变迁了世界，那些当年的小朋友，已经沧桑了脸。

在"群聊"里我看到"胜海"的名字，脱口而出"胜先"、"胜利"——他的姐姐和哥哥的名字。深切记得他们的父母是陕北的老红军，我甚至记得革命前辈的音容笑貌，他们给孩子取的名字寄寓了一种强烈的向往。关于名字，印象特别深的还有"马"家四兄弟姊妹每人的最后一个字连起来就是"火光明亮"！革命前辈坚定的理想、诗意的浪漫给我留下深刻印象。

我5岁到粤北，即住进红楼与交际处之间的一栋黄色楼房，大约在我读中学的时候这栋楼因交际处的扩建而被拆除，我们于是搬至浈江河畔的14栋房。很小的时候，爸爸妈妈就告诉我，大院里的叔叔阿姨很多是历经枪林弹雨的英雄。我在我的第一、二本小文集里有怀念

同学李瑞民并深切回忆了他的父亲的故事。瑞民同学的父亲是李全善书记，在往昔的战斗中失去了宝贵的一只胳膊。每当我在院子里看到这位威严而亲切的"独臂书记"，幼小的心灵便油然而生敬意！

令我非常惊喜的是大院另一位"独臂英雄"关惠明主任的女儿小青也在群里，她也曾就读我的母校北中。活跃的健鹰告诉我他的弟弟建华也是我的学生，健鹰居然传承了组织部长的父亲的严谨，他在群里讨论胜海的父母到底是陕北红军还是中央红军。我快乐地回应弟弟妹妹们："是不是红军、抑或是哪方面的红军，都不重要；重要的是我们要有红军的勇气和信念！"

走进这个群，我听到许多似曾相识的名字，不由追忆那些让我荡气回肠的往事：

记得那个炎热的夏日，院子里一个女孩在浈江河游泳出事了！听到援救播音的叔叔阿姨们奋不顾身地飞奔到河边跳入水里救助。我目睹饭堂的退役海军战士翁叔叔跑在前面！因为河床泥沙复杂，女孩没能及时抢救过来，还是离去了！翁叔叔失望的眼神我一辈子也忘不了。

当地委礼堂里叔叔阿姨慷慨激昂地讲述《红岩》的故事时我已经看完了这部小说。而礼堂里动情的一幕深深镌刻在我幼小的心里。生活在这样一个高扬革命理想的大院里，耳濡目染和蔼而又严肃的前辈们的精神、风骨，我们逐渐变得坚强和纯粹。

弟弟妹妹们尊重我这个新入群的教师姐姐，"风平浪静"也在群里向我推介了他的父亲王显忠叔叔，他是始兴革命历史资料里赫赫有名的"游击队里的三兄弟"的主角。

我在《恰同学少年》里有对大院叔叔阿姨的一些零星叙述，我敬重地委大院里的叔叔阿姨们！我喜欢地委大院的英雄气节、平等和公平意识。在我刚走上工作岗位时，我曾就大街上的乞丐的事，给同学小清的父亲、当时的地委书记李海涛叔叔写过一封信。很快地，我就看到民政局的收容车把那些街头流浪汉接收了！我年轻的心如沐春风。

我在这样的氛围长大，怎么会没有远大理想呢？

我庆幸我是大院的孩子，我为我是大院的孩子而骄傲！

2016-02-19 16:00

四季歌

我喜欢绿色，它是生命的颜色

像春天

我又何尝不爱绚丽如粉红

迷人的夏日呢？

更难舍诗意的晚秋中，

天边那一抹

殷红的霞！

而梦里常常深情向往的是

与晶莹的雪花共舞，

和天地一起洁白……

——为日前匆忙一拍的"校园绿地照"而写

2014-09-20 21:19

后记

如果说，是喧嚣的社会带给我许多的忧虑而促成这本小文集的编撰，不如说，是好朋友的沉重的生活，促使我义无反顾。

曾经，在第二本小文集发行时，《深圳特区报》的才华横溢的钟润生（二毛）作家记者建议我转而写小说或专题类的文学作品，走畅销书的路。

不久，我发表了博文《守望静好》：

……我还是写我的小散文，这不仅因为我喜欢它"最亲切、最平实、最透明"。

余光中先生说，"它不像诗，可以破空而来、绝尘而去；也不像小说可以戴上人物的假面具、事件中的隐身衣。"

他还说："散文家理当维持与读者对话的形态，所以，其人品尽在文中，伪装不得。"

很重要的是，我愿意守望静好，继续书写我所钟情的小散文——追随缥缈轻柔的诗意、青睐随风而逝的浪漫。这也是我终于在大家的鼓励下开博客的初衷：

我试图以一己微薄之力褒扬爱和美，鞭挞恶和丑。

　　我的温婉、美丽的好友的家庭变故深深刺激了我,我为此写下《爱的纯度与高度》、《向着太阳唱出歌》、《幸福要义》等文章。

　　生活给我以深刻的启示。我从新的角度考量爱情和婚姻,豁然开朗。

　　我的第三本书,超越过往的仅仅强调"专情"的观念,对爱情和婚姻的体察更深入、也更宽容和更人性化。

　　阳光下成长的经历,让我在青春年少时就懂得爱情与珠宝无关;与对方家庭没有粘连。

　　真爱是纯粹的。

　　闪光的年华,我曾经成功地为前来求教的同龄同事选择了"德才优于外形"的终身伴侣。我纯洁地认为,择偶几乎没有标准,只要这个人爱自己、上进、有才气就好。家庭情况等等实在是不需要考虑的。因为嫁的是那个人;不是他的家庭。

　　这是有偏颇的。

　　实际上,家庭会给一个人的成长打下烙印。

　　很多年之后的今天,我的老同学涂克对我说:

　　"雪明,你年轻时对高干子弟有偏见。你错了。"

　　我的确错了。

　　大约是读书时的一些深刻记忆形成了年轻时期的偏见吧!我的第一本书谈到小学的第一位同桌——调皮的陆同学,小小的他的专横可以让年轻的女班主任老师痛哭流涕。他给我的见面礼是在桌子上画出"三八线"。他警告我,越线必打!还有若干捣蛋的同学,都让我敬而远之。

　　其实,在地委机关大院里一起长大的许多同学是我一生的朋友。

　　小时候捣蛋,不代表长大就野蛮;单纯的调皮不是品质问题。

而这些同学的父母又大多是为新中国浴血奋斗过的老革命，他们的思想品质常常是高尚的。我至今对李瑞民同学怀有深深的歉意。瑞民同学的父亲是地委书记，他为新中国牺牲了一条胳膊。儿时的瑞民同学确实不怎么守纪律，但他善良、诚实、有担当。小小年纪的他具有受委屈却让步于女同学的胸怀。当我长大后对深锁脑际的那一幕非常歉疚，非常敬重瑞民同学。我为之写过《追悔》一文，但一直找不到这位小时候同学一年的同学。

我的大院里的小伙伴，很纯真，我为拥有他们的友情而庆幸；这些朋友，即使好久不见，仍不陌生。

我一直坚信，真爱很美，它没有物欲；我也一直认同美丽的爱是一定不会建立在别人的痛苦之上的；我更在风华正茂时就言行一致地经受了牺牲个人感情、成全别人幸福的考量。

我的第二本小文集倾向于"专情"，引经据典地阐述了爱的专注和执着。我甚至纯纯地质疑唐明皇对杨贵妃的爱。我特别欣赏金岳霖对林徽因的圣洁的爱：爱到终极才能终其一生不娶（不嫁）。

但是，今天我的观念更新了。

我的超越在于：我不再简单地一概反对"婚外情"，也不再一味地劝人坚守婚姻。在这个信息满天飞的时代，正如我的学生晓云同学说的："我们往往知道得少而发声早！"

子非鱼啊！我们焉能真切地知晓别人的感情婚姻呢？

很多时候，对于道听途说而没有印证的所谓事实再加上主观的臆断，很难有客观公正的结论。而爱，是一个人的事；爱情是两个人的事；婚姻是一家人的事。

不由想起前些日子在微信中看到的让我茅塞顿开的朱旦华女士的一个发言。她说爱情不宜横向比较。确实如此。

因为，人很难做到终其一生仅仅爱一个人！

人是有情感的。面对大千世界擦肩而过的优秀异性，很多人恪守良知"发乎情止乎礼"；也有人逾越底线或者改弦更张，开始新的恋情。

伟人如此，凡人如是。

我认可"爱，横向比较也许欠科学"，还在于人不可能同时"爱"上若干位异性的可能。"爱"是有排他性的。"同时爱多个以上的异性"只能是"性"而非"爱"，也因而，朝三暮四者难有真爱。

很多时候，我们说的"专情"也可以是特定的某一时段。但我更憧憬那种完美的"唯一"，这也是我的第二本文集的核心要领；只不过在第三本书里，我允许自己向往的爱情有了迂回和延伸的空间。我认为这是符合人性的多重性的。"宽容"并不等同我的"向往"的改变。"宽容"是正视人性的弱点——它促使我更客观、更平和、更理智。

"宽容"始终面对"真爱"。

如果一段所谓的婚外情，它能够让涉事者丢弃所有而爱其所爱，那么，值得我们拭目以待。我不再劝人一味地坚守婚姻的理由于此。"爱人"已经不爱，婚姻就只是一具空壳。守着一张证明婚姻的纸，有用吗？！

换言之，婚姻即使千疮百孔，但曾经出逃的心早已回归，它的修复也不是不可能的。因为婚姻关乎一家人、关乎孩子的成长，它需要让步和容忍。我支持婚姻的相对稳定。

身边朋友的磨难使我深深认识到："爱情"可以读出人品，人品更可以鉴别"爱情"。

纯粹地爱一个人，一定会爱其所爱，一定会心甘情愿地为对方奉献自己，甚至牺牲自己的利益来成全所爱。凶恶的、贪婪的、无耻的第三者邻居悄然入室加害于我的朋友！那个女人，像童话世界里狠毒的巫婆一样，用狰狞的手捻碎了我的朋友的蝴蝶胸花里的珍珠串缀的翅膀；掐断了她的玫瑰花发夹；盗取她的美丽的红色手表；掠夺她的钱财衣物甚至销毁她一摞珍贵的历史照片，还把已经作案的原本装有雅致发饰的空盒子大张旗鼓丢弃在房间门口……甚至故意把海边的小石头以及她的鞋垫放在我朋友的先生的汽车座椅示威——企图以一系列的卑鄙来激怒我的有高度涵养的朋友。这不由让我联想起我在第二本书提到的下流的第三者用硫酸毒杀情夫的妻女的事件。这两个女人是一丘之貉。她们没有爱，只有恶和贪婪。她们的带着凶光的行径让其"爱人"慌不择路，无路可走。

如此可怕的人不但没资格言爱，连做人的基本要素都丧失殆尽。想想，这个女人还可以把社区办公室门口的一丛香花儿生生地全部摘光并亲吻它道："好香啊，好香！"

无论从哪个角度看，都令人不寒而栗。

恰巧，昨天，我在占宝校长的公众号微博微信里看到他转载的台湾作家、画家、美学家蒋勋的演讲稿《生命里的善和美》。蒋先生说，善和美一直是哲学里非常重要的议题。他说自己很喜欢《红楼梦》，因为它用文学的方法不断地提出人的善意性的问题。

善的是美的，恶的是丑的。

贾瑞爱上王熙凤，最后被王整死了。蒋先生说：

"大约要到某个年纪，你才发现这本书里包含着作者惊人的善意，是说不管光鲜亮丽、富贵荣华到什么程度，都不能对卑微的生命没有善意。"

蒋勋先生用他的善和美委婉地点评了王熙凤的"恶"，叹息贾瑞的卑微。他也谈到今天的社会新闻里的泼硫酸、杀人放火等等恶行，他说作恶者"生活在压抑和卑微里"。

我几乎不假思索地给蒋先生的演讲写了这么几句评论：

"和颜悦色地借此说彼，本身就是善和美。生命中，它们就是日月，永远散发出迷人的光辉。"

"我像雪花天上来"，我将永远守候静好。

无论这个世界如何物欲、喧嚣，我始终爱我所爱。

我想用电视剧《何以笙箫默》里何以琛的话作为这本书的结语：

"如果我的世界里曾经有过一个人，那么，其他的就是将就；而我不愿将就。"

2015年八月

特别鸣谢：深圳海天出版社

深圳书城

斯迈德设计企划有限公司

王颖编辑、王颖主任

2016年春天

你是谁，便遇见谁（结语）

我喜欢我是老师

题记：灵魂相拥的爱是属于爱的，而朋友则是一个人的底牌。

这本书，姗姗来迟！种种客观原因，一直拖了好几个月。

也好，2016年出版，正巧又是一个五年。三本书的间隔时间相同，每一本都是五年。

昨天，我在新浪微博上给"爱我胜于爱其自己"的真心朋友写了一段感恩的话。"以竹结缘"网友给出这么一句评语：你是谁，便遇见谁。深深感动之余，谨把此作为我的新书的结语。在《后记》里，我对这本书的灵魂作了归纳性的提示。

书写正能量，为真理而歌是我的心愿。

到这个年龄，我才深深体会到鲁迅先生对"变坏了的年青人"的慨叹。确实，单纯和可爱应该是美好年华的代名词。其实，世上没有绝对的东西。

过往的生活里，确实有不诚实、不善良的人：为师者公然可以在高等学府的进修考核中一而再、再而三地公开作弊以取得晋升资格；更可以巧妙地逃课；还可以向已婚男士主动出击，甚至施展手腕来博取荣华富贵。这些久远的人和事虽然极个别并早已淡出我的视线，但这一切与今天的喧嚣世界带给我的深深的忧虑形成了沉重的负荷。

其实，人的善良和诚实与年龄没有直接关系。一般而言，年轻人可能简单些；而简单并不代表单纯。同样，年纪大的人不一定就复杂；更不一定就会人情练达和城府深深！一个人素养的形成在于早期教育，更在于耳濡目染的生活。而我们试图去改变一个人是不容易的。很多时候，质的改变更多的是内化。所以，善良的人容易反思自己、鞭挞自我。

不久前我到医院看病，听到那位阅人无数的老医生对其朋友说了句一语中的的话："不诚实的人往往很鬼，不诚实又不善良的人做坏事是肯定的了"。

是的，我亲见这样的人行不仁不义之事啊！其心机重重、乔装掩饰是也！

我在第二本书就提出，善良、诚实和勇于担当是一个人的基本素养，至少要做到"善良、诚实"，耍奸卖乖、不襟怀坦白者，怎会是好人呢？而这样的人，会幸福吗？

幸福是自己的感觉。

善良诚实的人对不义不仁的幸福会嗤之以鼻；而凶恶虚假的人

才会不择手段去获取所谓的幸福。每个人活在世上，自有自己的理由和活法。

小时候，我对一同生活在大院里的个别调皮捣蛋的同学很不以为然，这种漠然甚至影响到我的择偶观念。我在《后记》里这样写：

其实在地委机关大院里一起长大的许多同学是我一生的朋友。小时候捣蛋，不代表长大就野蛮；单纯的调皮不是品质问题，而这些同学的父母又大多是为新中国浴血奋斗过的老革命，他们的思想品质通常是高尚的……我的大院里的小伙伴很纯真，我为拥有他们的友情而庆幸；这些朋友，即使好久不见，仍不陌生。

你是谁，便遇见谁。

刚刚看到"韩国首富三星长公主找了草根男、17年婚姻最后还是分"的消息。我就借此喻彼好了：

爱情无关物质、无关合适、无关门当户对。灵魂相拥的爱，是属于爱的；也因此，朋友，是一个人的底牌。

2016-02-27 15:30